CW00866669

UN DÉTECTIVE PARTICULIER

KATHRYN WELLS

Traduction par
CHRISTOPHE DELETANG

À maman et papa, pour leur confiance

THORDRIC

« *C*royez-moi, inspecteur, c'est un garçon plein de bon sens ! »
Thordric entendit l'inspecteur Jimmson soupirer. Cela
faisait plus d'une heure que sa mère était dans son bureau, et qu'elle
essayait de le convaincre d'embaucher Thordric au commissariat. « Je
n'en doute pas, Maggie. Mais on ne peut tout de même pas ignorer ce
qu'il est. » L'inspecteur baissa alors la voix et Thordric dut tendre
l'oreille pour écouter. « Un *demi-mage*, par tous les sorts ! Si jamais
on apprenait que l'un d'entre eux travaille ici...

— L'un d'entre *eux* ? Inspecteur, je peux vous *assurer* que ce côté-
là de sa personnalité est parfaitement maîtrisé, rétorqua sa mère.

— Allons, Maggie ! Pensez à ce que vous me demandez. Vous êtes
le meilleur médecin légiste qu'on puisse trouver, vous le savez, et je
ne voudrais certainement pas vous contrarier. Mais pour la réputa-
tion du commissariat... » Il y eut un moment de silence. « Je ne peux
pas laisser ce garçon travailler ici. »

Thordric entendit l'une des chaises racler le sol. « Alors je me
suis trompée à votre sujet, inspecteur. » Sa mère surgit du bureau, la
tête haute, en faisant fièrement claquer ses talons hauts. « Viens,
Thordric ! On rentre à la maison. »

Thordric se leva. Son estomac hésitait entre le soulagement et la déception. Alors qu'ils allaient partir, la porte s'ouvrit à nouveau. L'inspecteur apparut et examina Thordric des pieds à la tête. Sa moustache épaisse avait l'air un peu crispée. Le jeune homme essaya de ne pas ravaler sa salive devant cet homme qui l'observait.

« Il est embauché, annonça-t-il brusquement. Demain matin, sept heures et demie tapantes. Arrangez-vous pour qu'il arrive à l'heure, Maggie.

— Merci, inspecteur », répondit sa mère. Thordric crut voir apparaître un sourire furtif sur ses lèvres.

Plus tard ce jour-là, elle l'emmena chez le tailleur pour prendre les mesures de son nouvel uniforme. En tant que garçon de courses de l'inspecteur, il n'avait pas besoin de la tenue complète.

« Et c'est plutôt une bonne chose », commenta le tailleur. Il passa son centimètre autour de la poitrine de Thordric. « Parce que je n'ai pas d'uniforme aussi petit. En fait, il va nous falloir une veste normale, mais dans une taille enfant. »

Il prit les mesures et griffonna quelques chiffres dans un carnet relié en cuir. Thordric tendit le cou pour voir ce qu'il écrivait, mais le tailleur lui releva le bras. « Par ici, jeune homme. Pas besoin de vous soucier des détails. J'en fais mon affaire. » Il se tourna alors vers sa mère, et baissa légèrement la voix. « Vous êtes sûre qu'il a quatorze ans ? Honnêtement, madame, je ne lui en aurais pas donné plus de douze.

— J'ai quatorze ans et demi », protesta Thordric. Le tailleur sourit doucement et continua à prendre ses mesures.

Quelques heures plus tard, le jeune homme ressortait avec un paquet contenant son nouvel uniforme. Alors qu'il s'apprêtait à rentrer à la maison, sa mère l'attrapa par le bras et l'emmena plutôt chez un coiffeur. « Qu'est-ce qu'on fait ici ? » demanda-t-il devant l'entrée, le regard braqué sur le poteau rouge et blanc qui tourbillonnait contre le mur.

« Demain, tu voudras avoir l'air beau, non ? » lui fit-elle remarquer doucement.

Mais le coiffeur trouva aussi à redire sur les cheveux de Thordric : ils étaient dans un tel état qu'il était impossible de lui faire la coupe réglementaire de la police (et ce n'était pas faute d'essayer). Après trois heures, de plus en plus excité, il déclara que la seule chose à faire pour que Thordric ait un peu d'allure, c'était de passer la tondeuse.

« Oh, arrête de te plaindre, Thordric, lui lança sa mère quand ils sortirent. Si un bon coiffeur pense que c'est mieux comme ça, alors c'est mieux comme ça.

— Mais... mais c'est trop court. On dirait que j'ai une brosse sur la tête ! Tout le monde va rire de moi.

— Taratata, le gronda-t-elle. Tu es magnifique. Je suis sûre que personne ne se moquera de toi. »

Malheureusement pour Thordric, elle avait évidemment tort.

À sept heures et demie tapantes, elle le laissa à l'accueil du commissariat, planté dans son nouvel uniforme et avec son crâne quasi rasé qui reflétait la lumière du matin. Le policier de service posa un œil sur lui et se jeta en arrière sur sa chaise. Il éclata de rire si fort que tous les autres hommes débarquèrent pour voir ce qui se passait. Certains se moquèrent doucement ou essayèrent d'étouffer leur ricanement, mais la plupart d'entre eux s'esclaffèrent aussi fort que le premier.

Thordric entendit même l'un d'eux chuchoter : « Regarde-le ! On dirait un haricot ! Qu'est-ce qui lui a pris, à l'inspecteur, de l'avoir embauché ? »

D'ailleurs, l'agitation attira également l'inspecteur. Quand il fit son apparition au coin de la pièce, son visage était aussi sombre que les nuages d'orage qui avaient inondé la ville la nuit précédente. En le voyant, tous les hommes sursautèrent et décampèrent vers leur bureau en quatrième vitesse pour se replonger dans la paperasse.

« Ah ! te voilà... euh... Thorbide. » Son regard scruta chaque détail de sa tenue et de son allure. « Pas tout à fait réglementaire, tout ça, mais ça fera l'affaire, je suppose. Allons-y.

— Inspecteur ? glapit le garçon. Je m'appelle Thordric, pas Thorbide.

— Oui, oui, Throbec. Allez, viens. »

Thordric le suivit sans insister. Il passa devant les bureaux des policiers et entra dans celui de l'inspecteur. C'était une pièce bien rangée, meublée avec une table de travail et des étagères en bois foncé. On n'y voyait pas un seul grain de poussière. L'inspecteur s'installa dans son grand fauteuil en cuir. « Bien, attaqua-t-il. Je suppose que ta mère t'a déjà expliqué quel sera ton rôle ici. Mais ça ne fera pas de mal de te le rappeler. En tant que garçon de courses, tu restes à ma disposition : tu vas chercher tout ce dont j'ai besoin, tu envoies le courrier qui doit être posté, et tu prépares du thé chaque fois que j'ai soif. Tu ne parleras jamais à qui que ce soit, j'ai bien dit : *JAMAIS* ! Et tu n'aideras personne d'autre que moi, quelle que soit la raison. Et si jamais on découvre que tu es *tu-sais-quoi*, alors tu seras viré d'ici plus vite que tu sais courir. Compris ? le prévint-il en caressant sa moustache touffue.

— Oui, monsieur, répondit Thordric d'une voix étranglée.

— Inspecteur, objecta son nouveau patron.

— Pardon ?

— Tu dois dire : "oui, inspecteur".

— Ah oui, bien sûr, bredouilla Thordric. Oui, inspecteur.

— Bien ! se réjouit-il. Alors, va me chercher du thé, et rapporte-moi aussi des Pim's. »

Thordric passa la matinée à préparer de grandes tasses de thé pour l'inspecteur (« Non, non, Thorbeul, *deux* sucres, et pas tant de lait ! ») et à faire des allers-retours dans tout le commissariat pour porter des messages. Il dut également prétendre qu'il n'était pas là chaque fois qu'il croisait un policier. Il eut à peine le temps d'aller retrouver sa mère pendant la pause déjeuner. Et lorsqu'il la rejoignit, elle ne s'apitoya pas vraiment sur son sort.

« Je ne vois pas à quoi tu t'attendais, Thordric. Tu te doutais bien que ça n'allait pas être de tout repos.

— Oui, mais *à ce point-là*...

— Oh, Thordric. Tu n'es plus un bébé, tu as quasiment quinze ans.

— Je sais, dit-il en baissant la tête. Mais j'aurais préféré aller à l'école de police, comme tous mes copains... »

Sa mère prit une longue inspiration. « Tu sais bien que ça n'est pas possible. C'est le seul moyen que j'ai trouvé pour assurer ton avenir. » Elle but une gorgée de café, un mélange spécial créé par le Conseil des mages pour stimuler et améliorer la concentration. « D'ailleurs, tu devrais y retourner, l'inspecteur te cherche probablement.

— Mais je n'ai pas encore mangé !

— Il fallait y penser avant, au lieu d'accourir ici à la première occasion. Du reste, tu ferais mieux de ne pas venir pendant le travail. Tout va bien pour moi.

— Oui, maman », répondit Thordric. Puis il fila au commissariat.

Et en effet, l'inspecteur l'attendait. La moustache retroussée jusque dans les narines, il lui lança un regard furieux. « Thromblon ! Où étais-tu passé ? Je t'ai cherché partout ! Va m'acheter le journal.

— Oui, inspecteur. » Et il se mit à marcher aussi vite que possible sans donner l'impression qu'il s'enfuyait en courant.

Lorsqu'il sortit, il tombait des gouttes arc-en-ciel, une chose que les jeunes de son âge adoraient depuis peu. En levant les yeux, il en aperçut quelques-uns sur le toit de la bibliothèque. Ils versaient de la poudre sous la pluie et, au fur et à mesure que les deux se mélangeaient, les gouttes devenaient rouge vif, orange ou roses.

Il aurait adoré les rejoindre pour jouer avec eux, mais on lui avait interdit de toucher tout ce qui venait du Conseil des mages. Sa mère lui avait expliqué que ça pouvait être affreusement dangereux, puisque tout était possible, avec ses pouvoirs indomptés de demi-mage. Et elle avait fait en sorte qu'il grandisse en connaissant les risques. Elle lui avait aussi raconté ces histoires de demi-mages qui avaient tenté des expériences : ils finissaient tous par perdre un bras ou une jambe, ou par se transformer en animal. L'un d'eux, vraiment malchanceux, s'était même changé en citrouille.

Ça l'avait effrayé quand il était plus jeune. Mais maintenant, il aurait plutôt voulu leur prouver à tous qu'ils avaient tort. Il espérait leur montrer un jour que les pouvoirs des demi-mages n'étaient pas si dangereux, que *ses* pouvoirs n'étaient pas dangereux. Mais sa mère ne lui pardonnerait jamais de vouloir essayer. Elle avait cherché à l'élever comme un garçon convenable et ignorer son côté magicien jusqu'à l'oublier. Mais lui ne pouvait pas oublier. Ces pouvoirs envahissaient tous ses rêves et le poussaient même à tenter des expériences. Une ou deux fois, son corps n'avait d'ailleurs pas pu y résister.

Il se souvenait d'une occasion, quand il était au collège, où un élève plus âgé avait découvert ce qu'il était. Évidemment, il décida de le raconter à tous ceux qui voulaient bien l'entendre. Et Thordric en fut si contrarié qu'il frappa dans ses mains pour effacer les souvenirs de tout le monde, y compris ceux de ses professeurs. Malheureusement pour le garçon qui avait déclenché cette histoire, il fut directement atteint par les pouvoirs de Thordric et perdit la mémoire.

À l'école, on avait considéré que c'était un regrettable accident, mais la mère de Thordric n'était pas dupe. Une fois à la maison, elle lui demanda gentiment ce qui s'était passé et il lui expliqua. Il savait qu'il avait eu tort, mais il n'avait simplement pas pu se contrôler. Elle l'avait réconforté et lui avait dit que si ce genre de choses arrivait encore, il devait lui en parler tout de suite.

Hélas, malgré ses bonnes intentions, *elle aussi* avait été victime de ses pouvoirs pendant la crise suivante. Comme elle le grondait pour avoir semé la pagaille dans son bureau, il avait tapé du pied sans le vouloir. Aussitôt, sans qu'elle s'en rende compte, elle fut lancée sur une conversation complètement différente. Il s'était alors dit qu'il valait mieux la laisser continuer, plutôt que d'attirer son attention sur ce qui venait de se passer.

En repensant à cette époque de son enfance, il se demandait avec tristesse à quel point sa vie aurait été différente s'il avait été comme tout le monde. Et puis l'une des gouttes colorées vint atterrir sur son nez. En secouant la tête pour la chasser, il se rappela qu'il devait se rendre chez le marchand de journaux pour acheter la *Gazette de Jard Town*.

Il accéléra le pas, mais quand il arriva, les journaux avaient déjà tous été vendus. Le marchand lui dit qu'il pouvait essayer le kiosque à journaux de l'autre côté de la ville, et il dut courir là-bas. Ce vendeur-*là* n'avait plus qu'un seul exemplaire. Il le laissa à Thordric pour le double du prix normal, puisque le garçon n'avait plus le choix.

« Hé ! Mais d'habitude, ça n'est pas toi le larbin de l'inspecteur !

— Non, monsieur, répondit Thordric, pressé de repartir.

— Quand est-ce que tu as commencé ? insista le vendeur.

— Euh... aujourd'hui, en fait. » Et il disparut avant qu'on lui pose une autre question.

Il revint en courant au commissariat en un temps record. Mais cette performance l'impressionna tellement qu'il ne vit pas l'inspecteur dans l'encadrement de la porte de son bureau. Le bruit du carambolage résonna dans tout le bâtiment, et une fois de plus, tous les hommes se précipitèrent pour jeter un œil. Ils trouvèrent l'inspecteur étalé par terre, la tête dans la corbeille à papier. Thordric avait rebondi sur la masse colossale de l'inspecteur, puis avait atterri contre la bibliothèque pour se retrouver avec le *Manuel du détective* ouvert sur le crâne. Il avait l'air sonné lorsque les policiers se ruèrent par-dessus lui pour venir en aide à leur patron.

« Inspecteur ? » appela l'un d'eux. Il osa même le secouer légèrement. « Inspecteur Jimmson, vous m'entendez ? »

L'inspecteur marmonna quelques mots décousus. Le sergent s'en prit alors à Thordric. « Regarde ce que tu as fait, blanc-bec ! Personne ne t'a appris qu'on ne court pas dans le commissariat ? »

Comme Thordric ne l'entendait pas, le sergent le gifla. « Hé, blanc-bec ! Je te parle.

— Qu-Quoi ? » balbutia Thordric, alors que sa vision commençait à redevenir nette. Il vit l'inspecteur à moitié conscient et immobile. « Par tous les sorts ! Qu'est-ce qui s'est passé ? » demanda-t-il. Le sergent lui envoya une autre gifle.

« Aïe, se plaignit-il. Mais qu'est-ce que j'ai fait ?

— Argh ! Peu importe ! » L'homme l'abandonna dans son coin et se tourna vers l'un de ses collègues. « Fred, ramène cette truffe chez lui. On n'aura plus besoin de lui pour aujourd'hui. Je m'occupe de l'inspecteur. »

Le dénommé Fred attrapa Thordric et l'entraîna du commissariat jusqu'à la morgue. Là, il se sentit obligé de raconter à sa mère ce qui venait de se passer. Inutile de dire qu'elle ne fut pas tellement impressionnée.

« Thordric Manfred Smallchance ! Qu'est-ce qui t'a pris ? Et pour ton premier jour, en plus ! » Elle leva ses mains au ciel, en oubliant qu'elles étaient couvertes de sang : celui du pauvre homme qu'elle était en train d'autopsier. « Ramenez-le à la maison, brigadier, et fermez la porte à clé pour qu'il n'aille pas causer d'autres ennuis. »

2

LA SŒUR DE L'INSPECTEUR

Thordric fut tiré de son sommeil par sa mère quand elle frappa à la porte de sa chambre. « Thordric. Thordric ! C'est l'heure de te lever ! »

Il fronça les sourcils. Ses paupières étaient encore trop lourdes pour être ouvertes.

« Thordric, réveille-toi, répéta sa mère, en tapant encore une fois à la porte. Tu dois aller t'excuser auprès de l'inspecteur. » Il l'entendit soupirer et s'éloigner.

D'abord, il ne comprit pas pourquoi elle avait dit ça, et puis cela lui revint. Il avait percuté l'inspecteur et l'avait laissé à demi conscient. Ravalant la boule qui s'était soudain formée dans sa gorge, il se précipita hors de son lit et enfila rapidement ses vêtements avant de descendre en courant.

Sa mère l'attendait en bas. Il remarqua qu'elle était ravissante ce jour-là. Ses cheveux foncés et ondulés retombaient sur ses épaules, et elle portait ses talons rouges. Mais il savait qu'il valait mieux ne rien dire : elle l'aurait accusé de vouloir la flatter. Et elle avait horreur de ça.

« J'espère que tu te rends compte de ce que tu as fait hier, dit-elle sans ménagement. Quand le pauvre inspecteur est finalement revenu à lui, j'ai dû le supplier pendant des heures pour qu'il te donne une nouvelle chance.

— Je... » Mais Thordric ne trouva pas ses mots.

« J'espère que ce genre de bourdes ou de problèmes n'arrivera plus. Si l'inspecteur n'était pas aussi généreux, cela nous aurait sans doute coûté mon travail tout autant que le tien. Pour l'instant, il accorde encore de la valeur à notre amitié et il veut bien passer l'éponge sur toute cette histoire. Mais cette fois seulement.

— Je comprends, maman. Je ferai attention, je te le promets.

— Bien. Allez, mets-toi en route, et n'oublie pas de faire son thé exactement comme il l'aime. Et arrête de te plaindre de tes collègues. Pour l'instant, tu mérites leurs commentaires désagréables. » Thordric ne pouvait pas dire le contraire. Comment avait-il pu si bien rater son premier jour ? Même les demi-mages dont il avait lu les histoires n'avaient pas eu *autant* de malchance.

Il courut au commissariat, arriva avant l'inspecteur, et lui prépara une grande tasse de thé fumant, avec une assiette de Pim's. Quand l'inspecteur entra finalement, il ne dit pas un mot et préféra totalement ignorer Thordric. Mais en mangeant son cinquième Pim's, il décida de s'adresser à lui. « On ne parlera plus jamais ce qui s'est passé hier. C'était un jour normal comme tous les autres. Compris ?

— Oui, inspecteur », dit Thordric en baissant la tête.

L'inspecteur balaya les miettes de sa moustache et poussa un morceau de papier vers Thordric. « Tiens, dit-il. Va à la blanchisserie sur Warn Street et montre-leur ça. Ils te donneront le linge de ma sœur. Tu iras ensuite le déposer chez elle. Voici son adresse. » Il griffonna sur un autre bout de papier qu'il tendit aussi à Thordric. « Tu lui demanderas également si elle a besoin d'autre chose. Et si c'est le cas, tu t'en occuperas pour elle. »

Thordric voulut protester, mais il s'arrêta net devant le regard noir de l'inspecteur.

« Ensuite, tu passeras à la banque et tu leur présenteras ceci, continua-t-il en donnant à Thordric une nouvelle note. Au retour, tu me prendras la *Gazette de Jard Town*. Et vérifie bien que c'est celle du jour, et non celle d'hier. Compris ?

— Oui, inspecteur, répondit Thordric, en s'efforçant de garder un ton positif.

— Et souviens-toi, Thromblon : *pas d'erreur.* »

Thordric sortit du bureau avec autant de naturel que possible. Il jeta un œil aux notes qu'il tenait, essayant de retrouver laquelle était laquelle. Pour la sœur de l'inspecteur, son adresse était facile à reconnaître. Mais les notes pour la blanchisserie et la banque ne portaient que des numéros. Chacune était écrite sur une longue ligne sans aucun espace, et il n'y avait rien pour les distinguer. Il ravala sa salive.

Il arriva rapidement à la blanchisserie et se mit à transpirer légèrement à cause de la chaleur du magasin. Plongée dans un magazine, la femme au comptoir ne lui adressa même pas un regard. « Oui, monsieur ? » Elle était absorbée par un article sur la nouvelle poudre du Conseil des mages pour se débarrasser des puces et des insectes dans la maison. Elle hochait la tête en lisant, et Thordric ronchonna tout bas : il détestait le Conseil des mages. Certes, ils fabriquaient beaucoup de choses amusantes, comme la gamme de produits Arc-en-ciel, mais tout ça venait des mages de second rang. Le grand mage Kalljard n'avait rien à voir avec eux, il était bien trop important pour ce genre de futilités. Et c'était *lui* que Thordric détestait le plus. Car c'était lui qui répandait une telle haine contre les demi-mages, même si les rumeurs disaient qu'il avait lui-même donné naissance à l'un d'eux.

Avant l'arrivée de Kalljard au pouvoir, on se fiait autant aux demi-mages qu'aux mages. Et les gens demandaient souvent de l'aide aux premiers lorsqu'ils ne pouvaient pas s'offrir les services des seconds. Mais cela faisait déjà plus de mille ans, car Kalljard avait découvert une potion d'éternelle jeunesse. Il avait ensuite créé le Conseil et en avait pris la tête. Personne n'avait réussi à lui faire partager son secret d'éternelle jeunesse. En revanche, il avait mis au point une autre potion qui permettait aux plus vieux de paraître et de se sentir plus jeunes dans leurs derniers jours.

Chaque année, il ne naissait qu'une poignée de mages et ils venaient tous de familles sans pouvoirs magiques. D'ailleurs, on disait que ces pouvoirs étaient le résultat du potentiel qui coulait dans les veines de cette famille. Comme ils étaient peu nombreux et qu'il fallait garder leurs pouvoirs purs, il leur était interdit de se marier. Évidemment, s'ils avaient tous obéi à cette règle, il n'y aurait jamais eu de demi-mages.

La femme finit enfin son article et leva le nez. Elle fronça les sourcils en voyant les cheveux en brosse de Thordric. « Je viens récupérer le linge de la sœur de l'inspecteur », bafouilla-t-il.

Méfiante, elle le regarda des pieds à la tête tout en plissant les yeux. « Et vous avez le mot de passe de l'inspecteur ?

— Oui, je... »

Il contempla les deux notes et fit la grimace : il était impossible de dire laquelle était la bonne. Alors, dans un haussement d'épaules, il en choisit une au hasard et la lui tendit. Elle y jeta un œil et vérifia dans sa liste. « En effet, c'est bien le sien, admit-elle avec surprise. Un instant, jeune homme. »

Elle se rendit dans l'arrière-salle, et réapparut une minute plus tard avec une énorme pile de vêtements. « Voici, jeune homme. Remerciez bien l'inspecteur d'être un client aussi fidèle. » Il récupéra la pile de linge et ses genoux plièrent légèrement sous le poids. Tout sourire, il la salua et se dirigea doucement vers la porte. Comment pouvait-on avoir autant de vêtements ?

Une fois dans la rue, il dut s'appuyer contre une boîte à lettres pour chercher l'adresse dans sa poche. Un juron lui échappa en la lisant : 52, Rosemary Lane. C'était à l'autre bout de la ville ! Rien que d'y penser, il sentait déjà les courbatures arriver.

Lorsqu'il parvint devant la porte d'entrée rouge cerise encadrée par des chèvrefeuilles, il transpirait comme un bœuf et avait l'impression d'avoir les pieds couverts d'ampoules. Ne voulant pas offenser la dame, il remit vite de l'ordre dans son uniforme, en tenant la pile de vêtements d'un seul bras. La porte s'ouvrit avant même qu'il ait eu le temps de frapper, et une femme apparut à quelques centimètres de son nez. Ses cheveux étaient attachés en un chignon si serré qu'ils avaient l'air de tirer son visage en arrière. Thordric sentit encore ses genoux flancher.

« Et vous êtes ? l'interrogea-t-elle.

— Je m'appelle Thordric, madame. L'inspecteur m'a envoyé chercher vos vêtements à la blanchisserie. »

Elle pinça les lèvres. « Très bien alors, entre et pose-les sur la rampe de l'escalier. Plus vite, petit ! »

Il s'exécuta, sentant le regard de la femme lui transpercer le dos.

« Eh bien, que fais-tu encore ici ? demanda-t-elle.

— L'inspecteur m'a aussi ordonné de m'occuper de tout ce que vous me donnerez à faire, madame.

— Il semblerait que mon frère a enfin retrouvé ses bonnes manières. Viens par là, petit, et voyons ce que tu peux faire. » Thordric crut apercevoir sur ses lèvres un sourire qui disparut trop vite pour pouvoir en être certain.

Elle le conduisit à la cuisine. C'était une grande pièce, avec des fourneaux de couleur sombre au centre, et une merveilleuse odeur qui vint chatouiller les narines de Thordric. C'était du poulet grillé et des pommes de terre, ce qui fit gargouiller son estomac bruyamment. La sœur de l'inspecteur prétendit n'avoir rien entendu et plongea plutôt dans un de ses placards gigantesques pour en sortir une vieille bouilloire en cuivre toute cabossée.

« Je voudrais que tu répares ceci », dit-elle en lui tendant la bouilloire.

Il regarda la chose avec un air incrédule. On pouvait voir plusieurs grosses bosses et une entaille sur le côté. « Je peux essayer, madame. Mais je ne suis pas sûr d'arriver à faire ça.

— Allons, allons, se moqua-t-elle. Sers-toi donc de tes pouvoirs. »

Thordric en resta ébahi. « Vous savez que je suis demi-mage ? »

Elle se mit à rire. « Ne sois pas bête, mon garçon. Tes pouvoirs sont si forts que je pourrais les sentir à des kilomètres à la ronde. D'ailleurs, je pensais que tu faisais partie du Conseil des mages. C'est pour ça que je me méfiais quand je t'ai trouvé devant ma porte.

— Qu'est-ce que vous voulez dire par "*sentir* mes pouvoirs" ? demanda-t-il d'une voix éraillée.

— Pardonne-moi, *sentir* est peut-être un peu excessif. *Percevoir* serait plus exact, je suppose. C'est mon défunt mari qui m'a appris à les détecter, vois-tu. Lui aussi était demi-mage.

— Il était ?

— Oui. Allons plutôt nous asseoir, puisque tu ne représentes aucune menace. » Elle l'emmena dans le jardin d'hiver et lui fit prendre place sur un divan en osier de couleur claire.

« Vous ne faites pas confiance au Conseil des mages alors ? demanda-t-il.

— Bien sûr que non », répondit-elle. Elle ne put cacher le mépris dans sa voix. « Des gens cupides et sans âme ! Ce sont eux qui ont conduit mon défunt mari à sa mort.

— Comment ça ? » l'interrogea-t-il avant même de pouvoir s'en empêcher.

Elle soupira. « Je suppose que tu as entendu parler de ces demi-mages qui voulaient prouver leur valeur, n'est-ce pas ? Eh bien, mon mari était l'un d'eux. Il a créé de nombreux sorts tout aussi satisfaisants que ceux du Conseil des mages. Il fabriquait également des potions, et la plupart d'entre elles étaient bien plus efficaces que celles du Conseil. Et puis il s'est querellé avec un mage à cause de cela, devant tout le monde. Il est rentré furieux à la maison. Alors je lui ai dit d'aller se promener dans les rues tranquilles pour se changer les idées. Il ne voulait pas, mais il est quand même sorti. Et il n'est jamais revenu. » Elle essuya quelques larmes avec un mouchoir. « Quand ils ont retrouvé son corps le lendemain matin, il était cramoisi. Mon frère avait tout juste été nommé inspecteur, à l'époque. Alors il a passé l'affaire sous silence, pour que les journalistes ne viennent pas m'ennuyer. Il m'a dit que le médecin légiste pensait que mon mari avait testé un sort. Et comme pour la plupart des demi-mages, ça l'avait mené à sa perte.

— Je suis désolé », lui dit Thordric. Mal à l'aise, il posa sa main sur son épaule.

« Merci, mon garçon. C'était il y a bien longtemps », dit-elle en reniflant. Puis elle se redressa. « Allons, à ton tour de me parler de toi. Qui est ton père ?

— Maman ne me l'a jamais dit. Je sais seulement que c'était un mage.

— Sûrement quelqu'un du Conseil, alors ?

— J'imagine que oui. Tous les mages en font partie, non ?

— Pas du tout. Certains ne sont pas d'accord avec ce que fait le Conseil, et refusent d'avoir affaire à lui. Mais comme on les montre du doigt, tout comme vous, les demi-mages, beaucoup d'entre eux cachent le fait qu'ils ont des pouvoirs.

— Oh, je vois, répondit Thordric en se tortillant sur le divan. Et... pourquoi voulez-vous en savoir autant sur moi, madame ?

— Appelle-moi Lizzie, s'il te plaît, dit-elle en agitant sa main. En vérité, je souhaite juste t'aider. Même si tu n'as que la moitié des pouvoirs que je crois que tu as, alors tu feras de grandes choses. Et je ne parle pas de réparer ma pauvre bouilloire. » Elle eut un petit rire qui desserra un peu son chignon et rendit son visage moins sévère. « Alors, que sais-tu faire avec tes pouvoirs pour l'instant ? »

Thordric se sentit embarrassé. « Rien, dit-il.

— Allons ! Tu as certainement déjà fait des choses, non ? l'encouragea-t-elle.

— Bah, par hasard, j'ai peut-être rendu des personnes amnésiques ou je leur ai peut-être fait oublier ce qu'elles étaient en train de dire. Mais je ne l'ai jamais fait exprès. Maman m'a toujours dit que c'était trop dangereux.

— Eh bien ! Je vais avoir du pain sur la planche avec toi. » Elle se leva et l'emmena dans le jardin, où elle le planta devant la souche d'un arbre qu'on avait abattu. Il pleuvait à verse, mais cela ne semblait pas la déranger.

« Bon, dit elle sur un ton redevenu sévère. Tu dois d'abord apprendre à contrôler tes pouvoirs. » Elle tendit le bras pour lui montrer quelque chose du doigt. « Je veux que tu concentres toute ton attention sur cette souche, et quand tu seras prêt, tu dessineras un point rouge au milieu.

— Mais je n'ai pas de crayon ! »

Le regard qu'elle lui lança fit redresser la brosse sur la tête de Thordric. « Utilise tes pouvoirs, mon garçon ! »

— Mais je ne sais pas comment », se plaignit-il.

Lizzie soupira. « Concentre-toi sur ce que tu vois, et imagine que tu dessines avec ta main. »

Pendant l'heure qui suivit, la pluie remplit ses godillots au point de les faire déborder. Thordric réussit à placer des points partout sur la palissade et sur le cabanon du jardin, et aussi dans les buissons. Mais pas un seul n'avait fini sur la souche de l'arbre.

Lizzie l'encourageait sans relâche. « Mais que vises-tu donc, petit ? La cible est juste devant toi, pas derrière ! Concentre-toi un peu. Rassemble tes pouvoirs et fais-les partir en avant. »

À un moment, il se tourna vers elle pour dire que c'était simplement impossible, mais il fit atterrir un point rouge au beau milieu de son front. Au lieu de se mettre en colère, elle éclata de rire. « Je pense que c'est l'heure du thé. »

Réajustant ses jupes trempées, elle le fit asseoir dans la cuisine devant la bouilloire cabossée. « Je ne suis même pas capable de dessiner un point rouge sur un arbre, et vous croyez que je peux réparer ça ? dit-il, dépité.

— Tu veux du thé, oui ou non ? demanda-t-elle en relevant un sourcil jusqu'à ses cheveux.

— Oui.

— Alors tu vas réparer la bouilloire, c'est aussi simple que ça. » Elle se leva et s'affaira dans la cuisine. « Et ne traîne pas trop. Le thé doit être prêt quand j'aurai fini de préparer ce gâteau. Et puis il faut que tu passes à la banque avant qu'elle ferme », ajouta-t-elle. Il sursauta : comment savait-elle qu'il devait aller à la banque ?

Il haussa les épaules et se tourna vers la bouilloire. Face à lui, elle renvoyait un reflet distordu et crasseux de son visage sur sa surface terne. Il poussa un soupir et claqua dans ses mains, en espérant que ce geste lui donnerait une idée sur la façon de la réparer. Mais rien ne se passa.

Alors il décida de travailler sur les bosses d'abord. Peut-être que s'il appuyait dessus depuis l'intérieur, ça remettrait le métal en place. Les quelques premiers essais furent ratés, et il utilisa tant de force qu'il fut éjecté à travers la cuisine pour atterrir dans le jardin d'hiver.

Lizzie sourit et dit seulement : « Essaie encore, mon garçon. »

Progressivement, il visa de mieux en mieux, et il réussit à réparer deux des plus grosses bosses. Lizzie regarda par-dessus son épaule. « N'oublie pas cette entaille, suggéra-t-elle. Le gâteau est presque prêt. »

À ce moment-là, Thordric transpirait presque autant que quand il avait rapporté la pile de vêtements. Il avait du mal à croire qu'il fallait autant d'énergie pour employer ses pouvoirs. Est-ce que tous les mages peinaient comme ça ? Ou bien ça n'était réservé qu'aux demi-mages ?

Il essuya la sueur de son front, et pour avoir une meilleure idée de ce à quoi ressemblait l'entaille, il voulut la toucher. Au moment où son doigt se posa dessus, il eut la plus curieuse des sensations. Il pouvait ressentir la bouilloire, pas seulement dans son état actuel, mais aussi dans l'état où elle avait été lorsqu'elle venait d'être fabriquée : lisse et parfaitement ronde. Concentrant son attention là-dessus, il ferma les yeux et exigea qu'elle revienne à sa forme passée.

Lizzie se mit à applaudir bien fort. « Tu peux rouvrir les yeux, mon garçon. » Il entendit le sourire dans sa voix, et en ouvrant les yeux, il vit pourquoi : il avait réussi ! La bouilloire était comme neuve. Plus de bosses, plus d'entailles, pas même une trace à l'endroit où elles s'étaient trouvées.

Il se leva vivement de sa chaise, avec un sourire si large que son visage était à peine assez grand. Puis il courut dehors sous la pluie pour dessiner un point rouge sur la souche, ce qu'il fit sans effort. Il se sentait si léger, et si *libre*. Il avait utilisé la magie — ses pouvoirs — et ça avait fonctionné. Il se mit à danser autour du jardin en faisant tour-noyer la bouilloire comme s'il valsait avec elle. Il ne s'arrêta que lorsque Lizzie la lui enleva des mains et le ramena à l'intérieur.

« Du calme, mon garçon. J'ai besoin de ça, dit-elle en récupérant la bouilloire.

— Vous avez vu, Lizzie ? Vous avez vu ? J'ai fait un point rouge sur la souche ! » Il riait. Toute cette excitation et toute cette énergie faisaient vibrer son corps comme de la gélatine. Lizzie le fit asseoir sur une chaise près de la table.

« Oui, j'ai vu, mon garçon. Mais ne va pas imaginer que tu as déjà fini ton entraînement. Il te reste encore beaucoup à apprendre. » Elle posa une tasse de thé devant lui, et une tranche de gâteau si grosse qu'elle occupait toute son assiette. « Mange, il te faut reprendre des forces. »

Quelques bouchées plus tard, il s'était calmé. « Comment est-ce que je vais continuer d'apprendre ? demanda-t-il. L'inspecteur va vouloir que je fasse ses courses tout le reste de la semaine.

— Tu as bien un jour de congé le dimanche, non ? suggéra-t-elle.

— Euh... oui, je crois.

— Bon, eh bien, tu viendras ici tous les dimanches et nous pour-suivrons ton apprentissage. Est-ce que cela te convient ? »

Thordric était tellement content qu'il renversa du thé sur ses vêtements.

3

UN MEURTRE AU CONSEIL

Thordric arriva à la banque tout juste dix minutes avant la fermeture. Il était si essoufflé qu'il ne put dire ce qu'il voulait. Et à peine eut-il tendu la note de l'inspecteur au guichetier que ses jambes le lâchèrent et il s'effondra devant le guichet. L'employé de banque se pencha par-dessus le comptoir, au cas où il aurait dû appeler la sécurité pour expulser Thordric, mais celui-ci lui adressa un large sourire. Le guichetier, son long nez incliné vers le bas, lui lança un regard dédaigneux, puis il se mit à fouiller dans ses papiers. Finalement, il sortit un feuillet rose vif sur lequel il griffonna avec attention.

« Voici... monsieur. » Il lâcha le document par-dessus le comptoir et celui-ci atterrit sur les genoux de Thordric. « Autre chose ? »

Thordric mit délicatement le papier rose dans la poche de sa veste, et se hissa sur ses pieds en s'accrochant au comptoir. « Euh... je ne crois pas. » Il ne savait pourtant pas si c'était ce que l'inspecteur voulait.

« Alors bonne journée, monsieur », conclut le guichetier avec raideur.

· · ·

L'inspecteur se trouvait dans son bureau lorsque Thordric revint au commissariat. Complètement absorbé par sa lecture, il tenait un livre qui détaillait la dernière invention du Conseil : le carrosse propulsé par la magie. Il n'avait pas remarqué l'arrivée de Thordric.

« Inspecteur ? » appela-t-il doucement.

En sursautant, l'inspecteur tomba quasiment de son fauteuil et sa moustache s'enroula sur elle-même jusqu'à toucher ses narines. « Thornal ! souffla-t-il. Tu ne sais pas frapper aux portes ?

— Excusez-moi, monsieur... inspecteur. Je voulais juste vous dire que j'ai fini tout ce que vous m'avez demandé. » Thordric lui tendit la *Gazette de Jard Town* du jour.

« Oui, oui, et ensuite ? s'impatienta l'inspecteur. La banque t'a-t-elle donné quelque chose pour moi ?

— Ah oui, monsieur... inspecteur. Euh... voici. » Il lui tendit le feuillet rose. L'inspecteur s'en saisit et le déplia avec des yeux étincelants. Thordric les vit aller de gauche à droite en lisant, et remarqua que sa moustache devenait de plus en plus irritée à chaque seconde qui passait.

L'inspecteur chiffonna le papier et le jeta dans la corbeille, marmonnant quelque chose qui ressemblait fortement à « *absence de fonds* ».

On frappa brusquement à la porte, et un agent de police entra avant que l'inspecteur n'ait pu répondre.

« Inspecteur, nous venons de recevoir un appel urgent du Conseil des mages. C'est à propos du révérend maître Kalljard.

— Oui ? Et que lui arrive-t-il donc ?

— Il est mort, inspecteur.

— Mort ? Mais... mais... *mort* ? Vous en êtes sûr ? » demanda l'inspecteur. Tout d'un coup, sa moustache s'était complètement déroulée, et Thordric la trouva bien plus pâle que d'habitude.

L'homme baissa la voix. « Enfin... il avait quand même plus de mille ans. Ça devait bien arriver un jour ou l'autre.

— Et sa potion d'éternelle jeunesse alors ?

— Peut-être qu'elle ne faisait plus effet. » L'homme haussa les épaules.

L'inspecteur soupira. « Vous avez sans doute raison. Je ferais mieux d'aller voir ce qui se passe, et présenter mes condoléances officielles. » Il se leva, enfila sa veste et en défroissa les plis. Il fit signe à l'homme de sortir, puis se tourna vers Thordric. « Toi, tu viens avec moi. Si je te laisse ici tout seul, je risque de retrouver le commissariat en ruines à mon retour. »

Thordric lutta pour garder une expression neutre sur son visage. « Comme vous voudrez, inspecteur », répondit-il simplement.

L'inspecteur leva un sourcil : il ne s'attendait pas à ce que Thordric obéisse si facilement. Celui-ci l'ignora. Alors, avec un haussement d'épaules, l'inspecteur se mit en route.

Une foule dense s'était déjà rassemblée lorsqu'ils arrivèrent au siège du Conseil des mages. C'était un immense bâtiment turquoise, en forme de croissant de lune. Sur la façade s'étalaient les symboles noir et argent du livre et du flacon qui se trouvaient sur tous les produits fabriqués par le Conseil.

Une équipe de policiers costauds tenait la foule à l'écart des portes principales. Bouche bée, Thordric regardait tous ces gens qui les appelaient à grands cris pour avoir l'opportunité de jeter un œil à l'intérieur. Certains pleuraient même vraiment la mort du grand mage. Mais tous n'étaient pas là pour cette raison.

Un homme qui portait un chapeau haut de forme et des vêtements chiffonnés, et qui faisait de son mieux pour déplacer un bel excédent de poids, les avait repérés. Armé d'un carnet et d'un crayon, il s'avançait rapidement vers eux tout en les apostrophant. « Inspecteur ! Que pensez-vous de la mort soudaine du grand mage ? »

L'inspecteur jura sous sa moustache. « Macks ! Que faites-vous *ici* ?

— Enfin, inspecteur, c'est une nouvelle importante, peut-être la plus importante de *toute l'histoire* du journalisme ! Où voulez-vous que je sois ? » Macks, essoufflé, poussait des petits cris excités et stridents.

La moustache de l'inspecteur se retroussa tout à coup. « Espèce de rat misérable ! s'exclama-t-il. Cela fait à peine une heure qu'il est mort, et vous cherchez déjà à en tirer profit.

— La bave du crapaud, inspecteur... » rétorqua Macks. Il évita de justesse le coup de poing que l'inspecteur lui avait envoyé.

Celui-ci grogna. « Sergent ! cria-t-il au policier le plus proche. Arrêtez-moi ce tas de fumier ambulant et jetez-le en cellule jusqu'à ce que je revienne.

— Bien, inspecteur », répondit l'homme. Et il attrapa Macks avec tant de force que celui-ci ne chercha même pas à lutter.

L'inspecteur marmonna quelques mots en essayant de réajuster sa moustache. Le barrage de policiers se rompit un instant pour les laisser passer, lui et Thordric. Ils se retrouvèrent alors devant une double porte plus imposante que tous les arbres que Thordric avait pu voir dans sa vie. L'inspecteur tira sur le cordon de la gigantesque cloche, et une minute plus tard, l'immense portail s'ouvrit pour les faire entrer.

Ils furent accueillis par un jeune mage qui portait une longue tunique. Elle n'était pas noire, comme Thordric aurait pu s'y attendre puisqu'on était en période de deuil. Elle était plutôt d'un vert sombre avec des reflets scintillants.

« Inspecteur Jimmson, salua-t-il en inclinant la tête. Soyez le bienvenu en cette heure de grande tristesse. » Il leur fit signe d'entrer et les portes se refermèrent aussitôt derrière eux. L'intérieur n'était éclairé que par la lumière de flammes bleues vacillant sur les murs.

Thordric était jusque-là passé inaperçu, mais le mage finit par se tourner vers lui avec curiosité. « Qui est-ce, inspecteur ? Vous n'ignorez pas que nous avons des règles strictes sur les personnes que nous laissons entrer ici.

— Oh, lui ? dit l'inspecteur sur un ton détaché. Ce n'est que mon garçon de courses. J'ai préféré le faire venir pour lui éviter des ennuis. Il est sourd et muet, vous savez. »

Thordric eut du mal à garder sa bouche fermée.

« Curieux. Et comment lui faites-vous savoir ce que vous voulez ? » Le mage examinait Thordric comme si c'était un poisson rouge dans un bocal.

« Je lui écris des notes, et il peut plus ou moins lire sur les lèvres.

— Peut-on lui faire confiance ? Ces murs contiennent de nombreux secrets que nous ne voudrions pas retrouver étalés dans ces horribles journaux.

— Bien entendu. Je vous garantis qu'il ne révélerait jamais le moindre secret, même si on lui coupait un bras. Nous l'avons mis à l'épreuve tout récemment, et il a réussi sans problème », le rassura l'inspecteur sans laisser paraître une quelconque trace de ce mensonge. Thordric espérait seulement que son propre visage ne trahissait rien de la surprise provoquée par les paroles de l'inspecteur.

« Parfait, répondit le mage avec beaucoup trop d'enthousiasme pour être convaincant. Alors, suivez-moi, je vous prie. »

Le mage les conduisit le long d'une galerie sans fin. Ils passèrent devant des salles d'où s'échappaient des odeurs et des sons étranges. Thordric nota que l'une des portes avait été laissée ouverte. À l'intérieur, il vit une pièce blanche et lumineuse où des carrés de tailles et de formes différentes glissaient sur les murs, en essayant de se connecter. L'inspecteur le surprit et le rappela à l'ordre en lui donnant un coup sur la tête avec la jointure de ses doigts. Cela faisait mal.

La galerie semblait s'étendre à l'infini, mais le mage fit soudain un geste de la main. Devant eux apparut alors un escalier en pierre étroit et tortueux. Tout en haut se trouvait une porte couverte de feuilles d'or, sur laquelle était gravé l'emblème noir et argent du Conseil. Leur hôte fit une pause avant de l'ouvrir. « Nous avons installé son corps dans ses appartements pour que les gens importants viennent lui rendre hommage. Cependant, je dois vous prévenir que dans la mort, il ne ressemble plus du tout à ce qu'il était de son vivant. À cause du prolongement magique de son âge, son corps s'est détérioré bien plus vite qu'on aurait pu l'imaginer. »

L'inspecteur inclina la tête d'un air grave, et le mage ouvrit la porte. À l'intérieur, la pièce circulaire était richement décorée avec du mobilier tapissé de velours bleus ou rouges, et des bibliothèques occupaient tous les murs. Au centre se trouvait un lit à baldaquin majestueux sur lequel le corps était étendu, recouvert jusqu'au cou d'un drap de soie.

Thordric inspira fortement en découvrant le visage du grand mage Kalljard. Sa peau était devenue dure et ridée, retroussant ses lèvres en un sourire méprisant qui révélait plusieurs dents en or. Ses cheveux et les poils de sa barbe étaient gris et clairsemés, ce qui était très éloigné de l'image qu'on connaissait de lui. De son corps se dégageait une forte odeur de moisi que les mages n'avaient pas réussi à masquer, même en recouvrant le lit de pétales de fleurs.

« Par tous les sorts ! s'exclama l'inspecteur. C'est vraiment la conséquence de sa jeunesse prolongée ?

— C'est ce que nous soupçonnons, en effet, répondit le mage.

— C'est terrible. Je suppose que vous n'avez pas d'idée sur ce qui l'a fait mourir ? »

Le visage du mage changea d'expression et devint plus froid. « Quelques hypothèses ont été avancées. Beaucoup estiment, et je suis de leur avis, qu'il a simplement arrêté de prendre la potion qui le gardait en vie. Toutefois, cela a dû prendre quelques semaines pour qu'elle soit éliminée de son corps.

— Donc vous suggérez un suicide ? interrogea l'inspecteur en levant les yeux.

— Eh bien, oui, je suppose qu'on peut le voir comme ça. Néanmoins, ajouta le mage en baissant légèrement la voix, d'autres pensent qu'on l'a forcé à le faire. Tout au long de son règne, il y a eu un nombre surprenant de mages qui ont contesté son attitude envers les demi-mages. » Il jeta un œil à Thordric qui faillit tomber en se prenant les pieds dans le tapis.

« Vous croyez qu'il s'est tué à cause de quelques demi-mages ? Je n'aurais jamais pensé qu'il puisse s'abaisser à leur niveau.

— Tout à fait, inspecteur. Mais ce n'est pas *moi* qui le dis. Seulement certains de mes confrères. »

Thordric se tortilla avec inquiétude et se retourna pour examiner le visage creusé de Kalljard. Il remarqua qu'il pouvait deviner la forme de son squelette sous les draps, ce qui le fit frissonner légèrement. Il n'avait jamais été un grand amateur de cadavres, même lorsqu'il allait rendre visite à sa mère qui travaillait si paisiblement à la morgue. Au moment où il se détournait, une nouvelle odeur frappa ses narines. Elle était acidulée et métallique, comme celle de la rouille, mais en plus fort. Il regarda autour de lui pour voir d'où elle venait, et il remarqua quelque chose d'étrange. Juste au-dessus de l'oreille droite de Kalljard, à moitié cachée par ses cheveux fins, se trouvait une marque brune, presque semblable à un grain de beauté. Il était toutefois d'une rondeur si parfaite que Thordric savait que cela ne pouvait pas en être un. Cela lui rappela la marque qu'il avait dû dessiner sur l'arbre ce matin-là. Et plus il y pensait, plus il était convaincu que quelqu'un s'était servi de la tête de Kalljard comme cible.

Avec un serrement de cœur, il observa que le point était bien plus petit et bien plus net que le sien — le travail d'un vrai maître. Peut-être qu'il pourrait s'y essayer à nouveau lorsqu'il retournerait chez Lizzie ce dimanche.

« Quand se déroulera l'enterrement ? demanda l'inspecteur, ramenant l'attention de Thordric sur la conversation.

— Malheureusement, il n'aura pas lieu avant une semaine. C'est tellement inattendu que nous n'avons pas eu le temps de lui préparer un tombeau.

— Je vois. Eh bien, je vous présente mes condoléances. Et je vais évidemment tenir les journalistes à tout prix à l'écart.

— Merci, inspecteur. Je vous raccompagne. »

Une fois qu'ils furent sortis, l'inspecteur redonna un bon coup sur la tête de Thordric. « Où te croyais-tu donc, grand nigaud ?

— Qu'est-ce que vous voulez dire, inspecteur ? » demanda Thordric en se frottant le crâne. Il remarqua à peine que la foule avait disparu, laissant le soin aux policiers de ramasser toutes les ordures abandonnées sur place.

« Je t'ai vu tournoyer autour du corps, comme si c'était un spectacle de cirque ! gronda l'inspecteur. En dehors du commissariat, tu dois te conduire avec autant de dignité et de maîtrise que possible. Quel que soit ton emploi, tu fais tout de même partie de la police, et tu représentes tout ce que nous défendons. Alors si tu te comportes encore une fois comme ça, même ta mère ne pourra plus me faire changer d'avis. »

Thordric frémit et tenta de marmonner des excuses.

« Assez de sottises. Dépêche-toi de rentrer au commissariat et prépare-moi du thé dans la plus grande tasse que tu trouveras. Et je veux tout un tas de Pim's pour aller avec. »

Thordric décampa à toute vitesse.

Suffisamment calmé après sa douzième tasse de thé, l'inspecteur demanda à Thordric de faire venir sa mère. Remarquant la crainte sur le visage du garçon, il dut lui assurer qu'il comptait seulement lui parler du corps. Thordric allait sortir quand il se rappela soudain quelque chose.

« Pardon, inspecteur, tout à l'heure, je voulais vous dire...

— Qu'y a-t-il encore, Thordrède ? demanda-t-il avec lassitude.

— C'est votre sœur, inspecteur. Elle souhaite que j'aille l'aider chez elle tous les dimanches. »

L'inspecteur faillit s'étouffer avec son thé. « Lizzie t'a demandé d'y retourner ? J'aurais espéré... » Il toussa bizarrement, s'oubliant un instant. « Ce que je veux dire, c'est que je pensais qu'elle t'aurait chassé à coups de balai, étant donné son manque de patience.

— Elle a dit que ça lui avait traversé l'esprit, mentit Thordric. Mais elle a trouvé que j'étais doué pour réparer les choses.

— Mmm. Alors très bien, si c'est ce qu'elle veut, je n'ai aucune raison de m'y opposer.

— Merci, monsieur, euh… inspecteur », répondit Thordric, et il s'élança vers la morgue.

Sa mère fut absolument choquée par la nouvelle de la mort de Kalljard. Mais elle fut aussi profondément impressionnée quand Thordric lui raconta que l'inspecteur l'avait emmené avec lui pour voir le corps. « Il doit commencer à te faire confiance, je suppose », dit-elle avec joie. Thordric n'eut pas le cœur de la contredire.

Pendant que l'inspecteur discutait avec sa mère des détails de l'affaire, Thordric se tenait sagement près du mur en souhaitant que ce soit déjà dimanche. Il désirait vivement prouver que les demi-mages avaient autant de valeur que les autres, et il était persuadé que son entraînement avec Lizzie l'aiderait à atteindre cet objectif. Il brûlait d'envie de faire disparaître cet air suffisant du visage des mages lorsqu'il révélerait ses véritables pouvoirs. Il pouvait y arriver, il savait qu'il en était capable.

« Y avait-il quelque chose de suspect à propos du corps ? Mis à part son état de momie, bien entendu, demanda sa mère à l'inspecteur.

— Maggie ! Quelle question ! Nous parlons du Révérend Maître lui-même, et non du commun des mortels qui passe entre vos mains », s'offusqua l'inspecteur.

La mère de Thordric se mit à rire. « Pardonnez-moi, Jimmson. Je me laisse parfois emporter, je le crains. »

Attentif à la conversation, Thordric se demandait s'il devait mentionner l'étrange odeur de rouille et la marque sur la tête de Kalljard.

4

LES SOUPÇONS

*T*hordric lutta avec lui-même toute la soirée, en faisant les cent pas dans sa chambre. Il marchait si bruyamment que sa mère dut crier du bas des escaliers pour qu'il s'arrête. Il faillit tout lui raconter à ce moment-là, et puis sa voix intérieure commença à demander : *pourquoi devrais-je dire quoi que ce soit ?* Tout compte fait, ce n'étaient pas ses affaires. Et si l'inspecteur l'avait jugé suffisamment digne de confiance pour être laissé seul au commissariat, il n'aurait rien vu. Mais voilà, il avait vu.

Pourquoi s'en souciait-il au juste ? Kalljard détestait les demi-mages. Donc Thordric détestait Kalljard. Pourquoi devrait-il s'inquiéter du fait que sa mort ne soit pas ce qu'elle semblait être ? *Parce que je suis honnête*, pensa-t-il en lui-même. Il faisait partie de la police locale après tout, même s'il n'était que garçon de courses.

À cet instant-là, il se rendit compte qu'il avait fait son choix et, se sentant beaucoup moins coupable, il alla trouver sa mère en bas.

« Ah Thordric, dit-elle en levant les yeux de son bureau. Que faisais-tu donc là-haut ? Pendant une minute, j'ai bien cru que les montagnes avaient décidé de s'écrouler sur nous.

— J'étais juste en train de réfléchir.

28

— Et tu pensais à quoi ?

— Au corps de Kalljard », répondit-il avec un tremblement dans la voix. Il toussa pour en reprendre le contrôle.

« Du *révérend maître* Kalljard, Thordric, le corrigea-t-elle. Oui, j'admets que j'y ai pensé aussi. La façon dont l'inspecteur me l'a décrit m'a semblé fascinante. J'aurais beaucoup aimé y jeter un œil, d'un point de vue professionnel.

— Je pense que c'est possible en fait, affirma Thordric en se dandinant d'un pied sur l'autre.

— Qu'est-ce que tu veux dire ? Pendant l'enterrement, le cercueil sera fermé. Et de toute façon, je n'y assisterai probablement pas, vu tout le travail que j'ai à faire.

— Ce n'est pas exactement ce que je veux dire. J'ai... j'ai vu quelque chose sur lui, pendant que j'étais là-bas avec l'inspecteur. Et il y avait aussi une étrange odeur, marmonna-t-il.

— Les cadavres *ont tendance* à sentir, Thordric, même une heure après son décès.

— C'était différent, maman. Je pense que c'était l'odeur de la magie, des pouvoirs puissants », dit-il avec gravité.

Elle releva les sourcils. Elle détestait qu'il parle de magie. « C'était un mage, Thordric. Si quelqu'un devait sentir la magie, ce serait bien lui, je suppose.

— Non, maman. Écoute ce que j'essaie de te dire. Il y avait un point marron juste au-dessus de son oreille, et c'est de là que venait l'odeur. Le reste de son corps sentait seulement le vieux et le moisi. Par contre, le point avait l'air d'avoir été posé sur lui par magie. »

Elle se redressa sur sa chaise. Et Thordric savait qu'il venait de dire ce qu'il ne fallait pas. « Comment sais-tu qu'il a été mis là par magie ? » dit-elle froidement.

Thordric ne répondit pas.

« Thordric ? » Sa voix était montée d'une octave. Il se taisait toujours. Ça n'était plus la peine de parler, elle avait déjà deviné. « Thordric Manfred Smallchance ! Tu as essayé de pratiquer la magie, n'est-ce pas ? Dis-moi pourquoi tout de suite ! »

Il céda et lui raconta tout. « Mais tu aurais pu te blesser... ou pire ! hurla-t-elle.

— Je n'étais pas en danger. Elle ne m'aurait pas laissé faire ça, si ça avait été le cas.

— Elle ? *Elle* ? Qui ça, *elle* ?

— La sœur de l'inspecteur », répondit-il. Et il lui expliqua comment l'inspecteur l'avait envoyé chez elle pour aider dans la maison.

« Lizzie ? Pourquoi... elle... je... » Elle était troublée. « Mais c'est une grande dame, je n'arrive pas à imaginer qu'elle ait pu épouser un demi-mage. Et je ne parle même pas d'apprendre à mon propre fils de tels... de tels... » Elle ne put finir sa phrase, faute de trouver les mots. Soudain, elle se leva et se précipita sur son manteau. « Je vais lui montrer, moi, ce qu'elle peut t'enseigner », rugit-elle. Elle attrapa Thordric par le col et le traîna dehors avec elle.

Il faisait déjà nuit, et la rue était éclairée par des feux pourpres qui flottaient dans les airs. Sa mère l'entraînait derrière elle, mais Thordric s'arrêta pour les regarder. Ils avaient été jaunes comme des flammes normales, la dernière fois qu'il était sorti si tard. La mode de la nouvelle magie arc-en-ciel prenait vraiment.

Sa mère ne le laissa pas traîner longtemps. Elle resserra sa main dans la sienne comme s'il allait s'enfuir.

À cette vitesse, ils arrivèrent chez Lizzie juste avant minuit. Malgré l'heure tardive, cette dernière était encore habillée, et ne montra pas le moindre étonnement quand elle ouvrit la porte. Thordric soupira en voyant qu'elle avait à nouveau tiré ses cheveux dans un chignon serré, à nouveau en mode institutrice.

« Maggie, quelle surprise ! dit-elle à sa mère. Cela fait si longtemps. Entrez donc. » Elle s'effaça pour les laisser passer, accueillant le regard furieux de sa mère comme si c'était le plus amical des sourires. « Bonsoir, mon garçon. Je ne pensais pas te revoir sitôt, étant donné toute cette histoire au Conseil. »

Thordric répondit à son salut en marmonnant, jetant un coup d'œil à sa mère pour voir si elle allait se remettre à crier. Mais elle semblait trop surprise par l'accueil de Lizzie pour dire quoi que ce soit. Cette dernière les conduisit jusqu'à la cuisine, où la bouilloire chauffait déjà sur les fourneaux. « Je suppose que vous prenez toujours du lait et un sucre, Maggie ? demande-t-elle.

— Oui... commença la mère de Thordric, mais Lizzie l'interrompit.

— Je sais pourquoi vous êtes ici, Maggie. Vous êtes venue me dire combien c'est scandaleux de vouloir apprendre à Thordric la façon d'utiliser et de maîtriser ses pouvoirs.

— En effet », répondit doucement sa mère. Elle avait perdu son élan.

Lizzie leur offrit du thé et sortit les restes du gâteau qu'elle avait préparé plus tôt. « Maggie, avez-vous déjà songé que toutes les absurdités colportées par le Conseil sur les demi-mages sont exactement cela : des absurdités ? » Elle fit une pause et but une gorgée de thé. « Les demi-mages ne sont "demi" qu'à cause de leurs parents, Maggie. Ça ne veut pas dire que leurs pouvoirs sont moins puissants que ceux des mages. À vrai dire, les pouvoirs de votre garçon valent sans doute ceux des membres les moins élevés du Conseil.

— Mais on sait tous que les demi-mages ratent toujours leur coup. L'histoire nous le prouve à chaque fois, s'écria sa mère.

— En effet, on parle souvent de leurs échecs. Ce qu'on ne dit jamais, c'est combien de demi-mages ont trouvé le moyen d'utiliser leurs pouvoirs avec succès.

— Que voulez-vous dire par "combien" ? Les demi-mages sont rares, ceux dont on parle sont les seuls de leur époque.

— Allons, ne soyez pas si naïve, Maggie ! On trouve des demi-mages partout. Ils sont juste trop effrayés pour s'essayer à la magie puisque tout le monde les avertit dès leur naissance qu'ils sont condamnés à l'échec. Thordric a un potentiel incroyable, et s'il veut éviter de faire des dégâts, il doit être formé. »

Les oreilles de Thordric se redressèrent « Vous... vous pensez vraiment que j'ai du potentiel ? demanda-t-il.

— Évidemment, mon garçon. Sinon, je ne perdrais pas mon

temps avec toi. Tu as tant de pouvoirs que tôt ou tard, tu aurais provoqué une catastrophe sans le vouloir.

— Ça ne fait que prouver la théorie du Conseil des mages ! éclata sa mère. Les pouvoirs des demi-mages représentent un danger. »

Lizzie posa sa tasse avec force, répandant du thé et des miettes de gâteau partout. « Margaret Smallchance, cria-t-elle. Arrêtez de croire tout ce que le Conseil raconte et utilisez vos méninges. *Pratiquer la magie* est dangereux, sans un bon apprentissage. Mon défunt mari a passé la plus grande partie de sa vie à perfectionner ses pouvoirs et à s'en servir sans causer de dommages. Les mages, eux, n'ont pas besoin de se soucier de cela, puisque leur apprentissage commence dès leur plus jeune âge. À partir de là, ils n'ont pas à craindre les difficultés qu'il a rencontrées. Vous comprenez maintenant ? La seule raison pour laquelle les demi-mages échouent, c'est parce qu'ils n'ont pas la chance d'être formés comme le sont les mages. »

Elle s'enfonça sur son siège et sortit son mouchoir pour essuyer ses yeux. La mère de Thordric était abasourdie. Après quelques instants, elle réussit à s'éclaircir la voix. « Je... euh... je n'y avais jamais pensé de cette manière. Vous croyez vraiment que Thordric peut être aussi brillant qu'un mage ? demanda-t-elle.

— Allons, Maggie ! Réveillez-vous, la sermonna Lizzie en se redressant. Thordric n'a pas besoin d'être aussi brillant qu'un mage. Il lui suffit d'être un demi-mage compétent. »

Là-dessus, deux grosses larmes embuèrent le regard de sa mère et elle se mit aussi à pleurer. « Pardonne-moi, Thordric, admit-elle. Je veux bien que tu apprennes la magie. »

Thordric en tomba de sa chaise. « Tu... tu veux bien ? Vraiment ? » Il se releva en se frottant les fesses. Sa mère inclina la tête, et un large sourire apparut sur son visage. Il la serra très fort dans ses bras, et Lizzie aussi, avant de se mettre à tournoyer autour de la cuisine. Bien contre son gré, la bouilloire en cuivre reprit du service comme partenaire de danse. Puis dans un moment de lucidité, il la laissa tomber et ignora la douleur quand elle atterrit sur son pied. Il fallait prévenir Lizzie à propos de Kalljard !

Bégayant d'excitation, il lui répéta son histoire : la visite du corps, et l'odeur étrange qui venait de l'empreinte. « C'était une marque exactement comme celle que vous m'avez demandé de faire sur l'arbre, Lizzie, mais dans une couleur différente, expliqua-t-il.

— Tu en es certain ? l'interrogea-t-elle.

— Certain. Mais elle était plus précise que la mienne.

— Tiens, tiens, tiens... dit-elle en tapotant sa fourchette sur sa joue. Maggie, je crois que vous devriez convaincre l'inspecteur de vous permettre de voir le corps. Cela ressemble quand même bien à un acte criminel. » Puis elle laissa soudain échapper un cri de petite fille. « Comme c'est palpitant ! »

Le lendemain matin, Thordric apparut dans le bureau de l'inspecteur en compagnie de sa mère. Ignorant sa moustache en tire-bouchon, ils lui expliquèrent ce que Thordric avait observé sur le corps de Kalljard.

« Je dois l'examiner, inspecteur. Juste pour être sûre, plaida la mère de Thordric.

— C'est une situation délicate, Maggie. Comment peut-il être certain de ce qu'il a vu ?

— Thordric ne raconterait pas de mensonges, inspecteur. » Elle fit une pause. « Jimmson, s'il vous plaît, faites-le pour moi. Nous devons savoir, après tout. » Comme elle faisait battre ses cils délicats, il se tortillait sur sa chaise, mal à l'aise. Thordric essaya de ne pas ricaner.

« Je... je vais voir ce que je peux faire, répondit-il finalement. Mais je ne vous promets rien, Maggie. Ils ne vont guère être ravis d'avoir à nous confier le corps. » Il se leva pour enfiler sa veste et son manteau, puis défrisa sa moustache. « Dans ce cas, je ferais mieux d'y aller, dit-il.

— Oh, nous vous accompagnons, inspecteur », prévint la mère de Thordric. À ses mots, la moustache de l'inspecteur se recroquevilla de nouveau. « Après tout, je suis votre médecin légiste ; ce serait vraiment étrange que je ne sois pas présente. Et puis Thordric vous accompagnait déjà la dernière fois, donc autant qu'il y aille aussi cette fois-ci.

— Très bien ! s'inclina l'inspecteur. Mais alors, laissez-moi leur parler. »

« Je dois dire, inspecteur, que votre requête est tout à fait déplacée, déclara le mage qui les avait reçus la fois précédente. Vous allez devoir justifier les raisons sur lesquelles vous fondez une théorie aussi insensée ! »

Ils se trouvaient dans le hall d'entrée du Conseil des mages. Personne ne voulait les laisser passer avant d'avoir eu plus d'explications. Ils étaient encerclés par la moitié des membres au moins, et Thordric pouvait sentir leur colère.

« Allons, du calme, intervint l'inspecteur. Nous devons simplement procéder à une autopsie pour découvrir la véritable cause du décès. Je comprends que c'est contraire à votre protocole, mais les circonstances sont tout à fait inhabituelles.

— Absurde ! Il n'y a rien d'inhabituel dans son décès, s'obstina le mage. Il a simplement considéré que sa vie avait assez duré et que le temps de son repos éternel était venu. »

Là, un autre mage — qui faisait une tête de plus que le premier — se détacha de la foule et posa une main sur l'épaule de son confrère. Son regard grave examina l'inspecteur, puis il poussa un soupir. « Il est cependant étrange que le Révérend Maître ne nous ait pas prévenus de sa décision. Même toi, tu ne peux pas le nier, Raan. Si l'inspecteur pense que ce sont des éléments suffisants pour ouvrir une enquête, alors nous devons l'accepter. » Il se tourna vers l'inspecteur. « Pardonnez-moi, inspecteur. Je suis maître Vey, l'un des candidats à la fonction de grand mage. Je crains que mes confrères soient très figés dans leurs habitudes. Peut-être pourrions-nous déjeuner ensemble et discuter de cette affaire ?

— Ce serait merveilleux », approuva la mère de Thordric qui s'était avancée pour faire une rapide révérence. L'inspecteur surprit le regard qu'elle lança à maître Vey, et sa moustache commença à se hérisser. Il s'inclina avec raideur, faisant signe à Thordric d'en faire autant. Vey frappa dans ses mains pour disperser la foule des mages courroucés, sans prêter attention à leurs remarques désagréables.

Il conduisit alors les visiteurs le long de la galerie et tourna brusquement dans un autre passage sur la gauche, ce qui fit voltiger ses cheveux foncés mi-longs. Thordric soupçonnait vraiment que le bâtiment se transformait selon les besoins des mages : il était certain qu'il n'y avait pas eu de passage à gauche la dernière fois.

Ce corridor était légèrement plus éclairé que le précédent, et les flammes accrochées aux murs brillaient d'un rose plaisant. Sur les côtés, aucune ouverture ne révélait ce qui se déroulait à l'intérieur, c'était juste un passage long et continu qui montait doucement.

Au moment où les pieds de Thordric commençaient à lui faire mal, ils arrivèrent devant une porte sculptée qui représentait un cerisier en fleurs. Maître Vey l'ouvrit et Thordric n'en crut pas ses yeux : le même cerisier se trouvait toujours devant eux, mais en vrai. Ils venaient d'entrer dans les jardins du Conseil, et Thordric dut admettre que c'était encore plus beau que ce que disaient les rumeurs.

Bien que le cerisier ait été l'ornement principal, planté en plein centre, l'espace était bordé d'autres arbres tout aussi délicats à voir. Thordric ne pouvait s'empêcher de les admirer alors que Vey les conduisait vers une grande table ovale, sculptée dans du quartz. En s'asseyant, il remarqua un arbre directement en face de lui. Il avait un tronc bleu et un feuillage jaune clair. Celui d'à côté était mauve, sans aucune feuille, mais ses branches étaient recouvertes d'une fourrure douce. Il se rendit vite compte que le cerisier était le seul arbre normal de tout le jardin.

« Vous voudrez bien me pardonner cette longue marche, n'est-ce pas ? » dit maître Vey. Il offrit à la mère de Thordric et à l'inspecteur une boisson blanche et pétillante. Elle était fabriquée à partir d'un fruit qui avait le pouvoir de faire rire instantanément tous les moins de vingt ans. Thordric prit un air renfrogné : à lui, on ne servait que de l'eau.

« Bien évidemment », réagit la mère de Thordric, rayonnante. L'inspecteur dut rapidement couvrir sa moustache avec sa main pour que Maggie ne la voie pas s'enrouler jusqu'à ses narines.

« Nous avons habituellement assez peu d'invités. Alors il m'a paru naturel de vous faire venir ici », continua Vey. Il souriait de telle manière que sa barbe se divisait légèrement en son milieu. « Il n'en reste pas moins qu'il est regrettable d'avoir à discuter d'un sujet aussi macabre. »

Sa moustache redevenue droite et lisse, l'inspecteur parla. « Aussi macabre que cela soit, c'est d'une extrême importance. Très certainement, vos confrères seraient soulagés de connaître la véritable cause de son décès. »

Un jeune mage aux mains tremblantes surgit de derrière l'un des arbres les plus étranges. Il portait quatre assiettes en équilibre sur ses bras. Ils furent rapidement servis et, à la grande joie de Thordric, c'était l'une de ces soupes spéciales arc-en-ciel qui avaient été créées récemment. Chaque fois qu'il plongeait sa cuillère dedans, elle changeait de couleur. Cela dit, il fut déçu de constater que le goût restait le même.

« Dites-moi, demanda Vey. Qu'est-ce qui vous inquiète autant ? Raan m'a rapporté hier que vous avez à peine jeté un œil au corps, si ce n'est pour lui présenter vos condoléances. Toutefois, il m'a signalé que votre garçon de courses semblait très intéressé. » Il regardait Thordric avec beaucoup d'attention, et celui-ci ouvrit la bouche pour prendre la parole. Puis il se souvint que l'inspecteur le faisait passer pour sourd et muet. Le mouvement n'avait pourtant pas échappé à Vey.

« Qu'as-tu vu, mon garçon ? Ne crains rien, tu peux parler. » Comme il semblait lui faire bien plus confiance que tous les mages qu'il avait rencontrés, Thordric n'hésita pas à répondre.

« Un point au-dessus de son oreille, tu dis ? reprit Vey. Oui, j'admets que la magie peut parfois laisser de telles traces. Mais je ne comprends pas pourquoi quelqu'un aurait utilisé ses pouvoirs contre le révérend maître Kalljard, c'est un mystère. »

L'inspecteur intervint. « Nous croyons fermement que cela a quelque chose à voir avec sa mort. Cela ressemble fortement à une marque de cible », admit-il.

Les yeux de Vey s'élargirent. « Sûrement, vous n'êtes pas en train de dire que...

— J'ai bien peur que oui, répondit l'inspecteur. Notre médecin légiste et moi-même pensons sérieusement que le révérend maître Kalljard a été assassiné. »

5

L'ODEUR DE LA MAGIE

oujours assis, maître Vey n'en croyait pas ses oreilles. Il n'avait pas touché à sa soupe et elle avait refroidi dans son bol. Il essayait plutôt de digérer ce que l'inspecteur venait de lui annoncer. Thordric n'avait pas imaginé que la nouvelle du meurtre de Kalljard pouvait causer un tel choc. Qui avait eu autant d'audace ? Et pourquoi ? Le grand mage Kalljard avait été *LE* mage le plus puissant de toute l'histoire.

« Que... que devons-nous faire ? demanda Vey après un moment.

— Eh bien, comme nous l'avons dit à... euh... Raan — c'est bien son nom, n'est-ce pas ? Oui, eh bien, comme nous lui avons dit, nous espérons que vous permettrez à notre médecin légiste ici présente d'examiner le corps. Elle pourra ainsi établir un rapport officiel », expliqua l'inspecteur.

Vey soupira. « Très bien. Cependant, cela risque de prendre quelques heures. Je dois d'abord obtenir l'autorisation de tous les membres du Conseil.

— Pensez-vous pouvoir tous les convaincre ? questionna l'inspecteur en levant un sourcil.

— Sans aucun doute. Après leur avoir présenté la situation, ils souhaiteront bien sûr savoir qui est le criminel, ajouta Vey avec certitude.

— Naturellement, vous comprenez que s'il a été assassiné par magie, tous les membres du Conseil deviendront suspects, le prévint l'inspecteur.

— Oui, inspecteur, ça m'a traversé l'esprit, répondit Vey. Si c'est vrai, ce sera un choc pour tous. La société entière en sortira certainement changée, si les gens se mettent à douter de nous. »

L'inspecteur se leva alors, présenta son bras à Maggie pour l'aider, et donna un coup en douce dans le tibia de Thordric pour qu'il se lève aussi. « Nous mènerons notre enquête dans la plus grande discrétion, maître Vey. Et si le criminel fait partie du Conseil, les journaux n'en sauront jamais rien.

— Merci, inspecteur. Et merci à toi, jeune homme, de nous avoir avertis. Si tu n'avais rien dit, nous aurions tous été abusés. » Vey tendit sa main et Thordric la serra avec respect, malgré la secousse intense qui parcourut tout son corps lorsqu'elles se touchèrent. C'était sûrement parce que ses pouvoirs heurtaient ceux de Vey. Du moins l'espérait-il.

De retour au commissariat, l'inspecteur envoya deux hommes chercher Macks, le journaliste avec qui il s'était accroché la veille. N'ayant pas de raison valable pour le retenir, il avait dû le relâcher. Mais du fait des derniers développements, l'inspecteur souhaitait plutôt l'avoir à l'œil.

Thordric avait repris ses corvées habituelles, et préparait du thé pour son patron lorsque les policiers revinrent en portant un Macks très agité. « Vous n'avez certainement pas le droit ! De quoi m'accusez-vous au juste ? » l'entendit protester Thordric. L'inspecteur fut probablement aussi alerté par les cris puisqu'il sortit de son bureau avec un sourire si large qu'il éclipsait sa moustache.

« Ah, Macks, ravi de vous revoir, dit-il en sautillant. Votre froideur face au décès du grand mage va vous valoir un peu plus de temps en cellule, je le crains.

— Mais c'est complètement absurde ! Vous ne pouvez pas me garder ici pour ça ! C'est exactement pour ça que vous m'avez relâché hier, rétorqua Macks, toujours en se débattant.

— Permettez-moi de vous contredire ; on m'a rapporté que vous aviez cherché à voir le corps du grand mage afin de pouvoir écrire sur lui dans votre journal immonde. Un tel manque de respect pour le Révérend Maître ne me laisse pas d'autre choix que de vous enfermer jusqu'à l'enterrement officiel. Fort heureusement, la loi nous protège des *nuisances publiques* », déclara l'inspecteur avec un sourire moqueur.

Macks lui adressa un geste obscène. Cela lui valut un bon coup à l'arrière du genou et il s'écroula par terre. L'inspecteur se mit à glousser et, d'un signe de la main, il ordonna aux policiers de descendre Macks dans une cellule. Comme Thordric les observait, il en avait oublié le thé qu'il faisait infuser. L'inspecteur le remarqua.

« Thrombie, arrête de gober les mouches », l'avertit-il.

Thordric baissa les yeux et nota que le thé était presque trois fois trop fort, pour les goûts de l'inspecteur. Il le jeta dans l'évier en gémissant et prépara une nouvelle tasse. Une fois prêt, il l'apporta à l'inspecteur, avec une belle assiette de Pim's, et déposa le tout sur son bureau. L'inspecteur lui lança un rapide coup d'œil et lui fit signe de s'éloigner vers le mur du fond : c'était là qu'il devait se tenir quand il n'avait rien d'autre à faire.

Il regardait l'inspecteur tremper un Pim's dans son thé, quand on frappa à la porte. L'inspecteur pesta contre l'intrus : son biscuit venait de couler au fond de sa tasse !

« Entrez ! » tonna-t-il en essayant de repêcher son gâteau avec ses doigts. Un policier apparut et attendit patiemment qu'il récupère son Pim's détrempé pour le manger.

« Qu'y a-t-il donc, sergent ? demanda l'inspecteur.

— Nous avons reçu un message de maître Vey, inspecteur. Il a pu obtenir l'autorisation de tous les membres du Conseil. Il est en train de signer le transfert du corps en ce moment même.

— Parfait ! Thorstède, va prévenir ta mère qu'elle devrait recevoir le corps d'ici peu. »

Thordric ne se fit pas prier. Il sortit du bureau, passa en trombe devant ceux des policiers et se retrouva dehors par un après-midi ensoleillé. Il frissonna pourtant. Malgré le temps radieux, la fraîcheur de l'hiver commençait à s'installer.

Il courut à la morgue et arriva en sueur et tout engourdi. Sa mère était assise à son bureau et écrivait un rapport.

« Coucou, Thordric », lui lança-t-elle. Elle leva les yeux et posa son stylo. « J'imagine que tu viens m'avertir que le corps va bientôt arriver. » Thordric hocha la tête, et ils entendirent frapper à la porte principale. « *Très bientôt*, apparemment, ajouta-t-elle. Fais-les entrer pendant que je prépare mon matériel. »

Il ouvrit la porte et se trouva nez à nez avec quatre membres du Conseil qui escortaient le corps du grand mage. Ils l'avaient entièrement enveloppé dans un drap de velours violet foncé, et l'avaient fait rouler sur un brancard en verre. Il fut étonné que personne ne les ait vus arriver jusqu'ici. « S'il vous plaît, essayez de ne pas trop endommager le corps du Révérend Maître, les pria l'un d'eux en examinant Thordric d'un air suspicieux.

— Ne vous inquiétez pas, messieurs, les tranquillisa sa mère en s'approchant d'eux. Je serai aussi délicate que possible. »

Ils déposèrent le corps sur la table de travail et quittèrent le bâtiment. Thordric referma la porte derrière eux et se retourna vers sa mère qui ôtait lentement le drap de velours. L'opération se déroula facilement, mais Maggie suffoqua en découvrant le visage de Kalljard. Ils l'avaient habillé d'une simple tunique blanche, qu'elle retira également. « J'imaginais bien qu'il s'était détérioré, mais *à ce point-là*, je ne m'y attendais pas ! » dit-elle en le regardant fixement.

Thordric crut entendre un léger trouble dans sa voix. Mais lorsqu'elle se remit à parler, il n'y en avait déjà plus aucune trace. Il supposa que c'était l'émotion. « Est-ce qu'il ressemblait à ça, quand tu l'as vu hier ? » continua-t-elle.

Thordric quitta sa position près de la porte et se rapprocha pour l'examiner de plus près. « Oui, confirma-t-il, quelque peu surpris de constater qu'il ne s'était pas plus décomposé.

— Si le Conseil trouve une potion contre le vieillissement, rappelle-moi de ne jamais en prendre », murmura-t-elle. Elle posa sa main sur le corps, et hocha la tête. « Comme je l'imaginais, sa peau s'est durcie. » Elle l'écrivit dans son rapport. « Tu as dit que cette marque était où ? »

Thordric lui montra, et elle prit d'autres notes. Il pouvait encore sentir la forte odeur métallique de la veille. Ça devait être un sort très puissant.

« Tu es sûr qu'on a utilisé la magie ? Pour moi, ça a juste l'air d'un grain de beauté, le questionna-t-elle.

— J'en suis sûr. Je sens toujours son odeur.

— Son odeur ? Tu en es certain ? demanda-t-elle.

— Oui, répondit-il de façon catégorique.

— D'accord, je vais le noter aussi. J'aurais aimé pouvoir comparer cette marque à une autre. »

Thordric comprit ce qu'elle voulait, même s'il craignait quand même un peu qu'elle désapprouve. Il concentra ses pouvoirs et posa une marque rouge sur l'un des mannequins d'anatomie qui étaient dispersés autour de la pièce. Il alla le chercher et sa mère le plaça à côté de la marque qui se trouvait sur le corps.

« Eh bien, mis à part la couleur, ils se ressemblent étrangement. Cela dit, le tien est un poil plus irrégulier que celui-ci, observa-t-elle.

— Il ne sent pas aussi fort non plus », ajouta-t-il en fronçant les sourcils.

Ignorant cette remarque, elle voulut effacer la marque sur le mannequin, mais n'y réussit pas. « Ça, c'est intéressant. Si celle du corps ne part pas non plus, alors ça confirmera ton idée. »

Elle essaya d'abord avec de l'eau, mais comme elle n'y arrivait pas, elle utilisa certains de ses produits chimiques, y compris des acides. Ça ne marchait pas non plus. La marque restait obstinément visible.

« Je crois bien que tu as raison, Thordric. C'est vraiment arrivé là par magie. » Pendant un instant, elle fut perdue dans ses pensées. « Retourne auprès de l'inspecteur et explique-lui ce que j'ai découvert. De mon côté, je continue l'autopsie et je vais voir ce que je peux trouver d'autre. »

L'inspecteur ronronnait quasiment lorsqu'il entendit la nouvelle, et il était tellement satisfait qu'il donna congé à Thordric pour le reste de la journée. Évidemment, Thordric courut directement chez Lizzie pour poursuivre son apprentissage.

Elle l'attendait sur le pas de la porte. « J'avais le pressentiment que tu allais arriver », dit-elle en souriant.

Elle l'emmena à nouveau dans la cuisine, où elle trouva rapidement de nouvelles choses à réparer. Il testa ses pouvoirs sur le premier objet, une vieille marmite si noire qu'on aurait pu croire qu'elle servait à stocker du charbon. Mais il avait du mal à se concentrer.

Lizzie le regardait se débattre. Il devenait plus agité de minute en minute. Il finit par abandonner et leva les bras au ciel. Avec un petit cri, il se retrouva propulsé vers le plafond et, flottant là-haut, il se cognait la tête chaque fois qu'il rebondissait dessus.

« On dirait que tu as eu une journée palpitante, fit-elle remarquer. Je vais chercher du gâteau et tu me raconteras tout ça. » Elle disparut dans le garde-manger et le laissa planer là-haut. Il espérait redescendre sur la terre ferme en essayant de pousser contre le plafond, mais il ne faisait que rebondir plus fort.

Revenue dans la pièce, Lizzie posa le gâteau sur la table, ainsi qu'une corde qu'elle tenait sous le bras. Elle lui lança l'une des extrémités pour qu'il l'attache autour de sa cheville. En faisant cela, il se pencha tellement en avant qu'il finit par se retrouver la tête à l'envers. Et comme le sang lui montait à la tête, il fut pris de vertige. Lizzie tira sur la corde, à pleins bras, et il se remit à l'endroit au fur et à mesure qu'elle le ramenait au sol. Quand il revint sur le plancher des vaches, elle attacha la corde solidement à la table, au cas où il s'envolerait à nouveau.

« Voilà, dit-elle en s'asseyant. Finalement, ça n'était pas si compliqué ! »

Après avoir mangé une bonne part de gâteau, Thordric lui raconta tout ce qui s'était passé depuis que sa mère et lui l'avaient quittée, la nuit d'avant. Elle ouvrit des yeux comme des soucoupes lorsqu'il lui dit qu'ils avaient été invités à déjeuner dans les jardins du Conseil des mages. Et elle esquissa un sourire quand il lui révéla ce que sa mère avait découvert jusqu'à présent.

« Eh bien, en voilà toute une histoire, conclut-elle quand il eut fini. Et donc, tu as su refaire une marque sans hésiter ? C'est bien. Cela montre que ton apprentissage est efficace. » Elle détacha la corde de sa cheville et il fut étonné de constater qu'il restait assis sur sa chaise.

« Je ne m'envole plus !

— C'est parce que tu as repris tes esprits. Mon mari disait toujours que ses pouvoirs étaient plus difficiles à contrôler quand ses émotions s'en mêlaient. » Elle reposa la marmite noircie devant lui. « Réessaye. »

Il s'exécuta. Et cela marcha tout de suite. La marmite était aussi étincelante que s'il l'avait frottée pendant des heures.

« Bravo, le félicita Lizzie. Continue avec le reste, j'ai du travail à faire. Rejoins-moi quand tu auras fini. » Elle se leva et le laissa seul dans la cuisine.

Il serra les dents en regardant l'énorme pile d'objets et se mit à les réparer les uns après les autres. Comme cela devenait chaque fois plus facile, il finit même en moins d'une demi-heure. Avec un large sourire, il se leva pour aller voir Lizzie.

Il la trouva dans une pièce du premier étage. Elle avait revêtu une ample blouse blanche par-dessus sa robe. Des pots de peinture aux couleurs vives étaient posés à ses pieds, et elle tenait à la main un pinceau. La moitié d'un mur avait été peint en vert clair.

« Tu as déjà terminé ? s'étonna-t-elle.

— Tout est réparé, répondit-il avec satisfaction.

— Tu apprends vite. » Elle regarda autour de la pièce, les yeux pétillants. « Tu penses que tu serais bon en peinture ?

— J'ai aidé maman à redécorer la maison, il y a quelques années.

— Bien. » Elle attrapa un autre pinceau et le lui tendit. « Alors je veux que tu peignes le mur du fond en orange », dit-elle en ouvrant l'un des pots de peinture. Il trempa son pinceau dedans et s'apprêtait à le passer sur la cloison.

« Oh non ! l'interrompit-elle. Tu dois diriger le pinceau avec tes pouvoirs, pas avec ta main.

— Je... C'est possible ?

— Bien sûr que oui. Pense à ton esprit comme à une main supplémentaire, et sens le poids du pinceau quand tu le tiens. »

Il fit une première tentative et le pinceau resta suspendu en l'air quelques secondes avant de retomber par terre en laissant une belle tache orange sur le plancher. « Vous êtes sûre que c'est possible ? redemanda-t-il.

— Oui, oui. Mon mari le faisait tout le temps. Cela dit, essaie de ne pas trop en mettre partout, parce que c'est moi qui vais devoir nettoyer ensuite. » Elle se retourna pour continuer à peindre son mur vert.

Il contempla son pinceau qui flottait lourdement au-dessus du sol, et gémit intérieurement. Avec un effort intense, il lui ordonna de s'élever à hauteur d'épaule. Là, il le regarda se balancer et tenta de le diriger vers le mur. Au lieu de cela, le pinceau se précipita sur lui pour le frapper en plein visage. Le coup fut si fort qu'il tituba en arrière et se retrouva avec un pied dans le pot de peinture. Lizzie se retourna pour constater que son visage et la moitié de sa jambe avaient été barbouillés en orange. Elle éclata de rire si fort qu'elle en perdit son propre pinceau qui s'écrasa par terre.

Thordric la fusilla du regard, puis il nettoya la peinture qui le recouvrait de la même façon qu'il avait frotté les marmites. Il ressentit la curieuse sensation d'une chose fine et très dure qui lui raclait le visage et la jambe. La peinture enlevée se rassembla alors en une énorme boule flottante. Essayant de ne pas perdre sa concentration, il attrapa le pot de peinture et le plaça sous la boule. Quand il la perça, elle se déversa droit dedans avec un bruit mou. Il se retourna vers Lizzie, qui l'observait toujours. D'un simple geste, il s'empara du pinceau qu'elle avait fait tomber et le lui remit en main, sans se déplacer de l'endroit où il était.

« Tu vois, je t'avais dit que c'était possible, dit-elle. Il faut juste un peu de persévérance. » Après cela, il réussit à maintenir son pinceau en l'air et à peindre le mur. Il avait presque fini quand ils entendirent quelqu'un frapper à la porte d'entrée.

« Qui diable cela peut-il être ? Je n'attends personne à cette heure-ci. » Lizzie posa son pinceau et ôta sa blouse. « Ne bouge pas d'ici », lui ordonna-t-elle.

6

UN DÉTECTIVE PARTICULIER

*T*hordric posa son pinceau et remit les couvercles sur les pots de peinture. Après avoir rapidement vérifié qu'aucune tache ne s'était égarée sur son uniforme, il descendit pour voir pourquoi Lizzie l'avait appelé. Quand il la rejoignit à la porte d'entrée, il la trouva en pleine conversation avec un policier. Celui-ci regarda Thordric d'un air grave et lui fit un signe de tête.

« Ce monsieur dit que mon frère t'attend au commissariat, intervint Lizzie avant que l'homme n'ait pu ouvrir la bouche.

— Alors je ferais mieux d'y aller, réagit Thordric. J'ai refermé tous les pots de peinture, madame, et les murs devraient sécher rapidement. N'hésitez pas à me rappeler si vous avez encore besoin d'aide. » Lizzie releva légèrement un sourcil, mais elle savait qu'il avait raison d'être plus formel devant le policier, sinon les questions ne manqueraient pas.

Celui-ci toucha son képi pour la saluer, et Thordric l'imita, même s'il n'en portait pas. Ils se retournèrent pour partir et elle referma la porte. Thordric sentait encore son regard posé sur eux. Il se demanda si le policier avait aussi conscience qu'elle les observait toujours, mais si c'était le cas, l'homme n'en montra aucun signe. D'ailleurs, il ne dit pas un mot à Thordric pendant tout le trajet jusqu'au commissariat. Du coup, Thordric se demandait sérieusement pourquoi il était convoqué.

Il frappa à la porte du bureau de l'inspecteur et entra après en avoir reçu l'invitation. Sa mère attendait dans la pièce et l'inspecteur se leva immédiatement pour lui offrir un Pim's. Thordric en resta abasourdi. Il le prit comme si on venait de lui présenter une pépite d'or pur. L'inspecteur le regarda manger, puis il s'éclaircit la voix.

« Nous avons de nouveaux éléments que tu devrais connaître, je crois. Pourriez-vous lui expliquer, Maggie ? »

La mère de Thordric lui sourit. « Après ton départ de la morgue, j'ai continué l'autopsie du corps. D'abord, je n'ai rien trouvé d'inhabituel, mis à part l'état de sa peau. Mais j'ai ensuite examiné le contenu de son estomac. Il était plein de potion.

— Ce qui implique, poursuivit l'inspecteur, que l'hypothèse de certains mages, sur le fait qu'il ne la prenait plus, est absurde.

— C'est vrai, je me souviens qu'ils en ont parlé, dit Thordric. Mais s'il la prenait toujours, comment se fait-il que sa peau soit devenue aussi dure ?

— Ça, dit l'inspecteur en se balançant sur la pointe des pieds, c'est exactement ce que *tu* vas découvrir.

— Moi ? Mais comment ?

— Maggie est convaincue que tu as perfectionné tes pouvoirs de manière à les maîtriser.

— Euh...

— Ne t'inquiète pas, Thordric, il ne va pas te punir pour ça, le rassura sa mère.

— Elle a raison, Thrombile. Pour l'instant, le comment du pourquoi ne m'intéresse pas. Franchement, nous n'avons jamais eu d'affaire comme celle-ci. Et personne d'autre au monde non plus, je pense. De toute évidence, nous ne sommes pas à la hauteur. Et bien que ce soit difficile à admettre, nous avons besoin de ton aide pour comprendre exactement ce qui s'est passé. »

Thordric cligna des yeux plusieurs fois. Ils voulaient que *lui* les aide dans cette enquête ? Avec ses pouvoirs ? On n'avait jamais entendu ça !

« Puis-je m'asseoir un instant, inspecteur ? J'ai les jambes qui flageolent », dit-il en s'effondrant sur une chaise sans attendre de réponse.

L'inspecteur toussota. « Donc, euh, comme je le disais, tu feras office de détective. Bien sûr pas officiellement, nous ne voulons certainement pas que tous les journaux en parlent.

— Je croyais que Macks était cellule ? s'étonna Thordric.

— C'est le cas. » L'inspecteur prit un Pim's et parla la bouche pleine. « Mais bien d'autres journalistes sont tout aussi impitoyables que lui et sauteront sur l'occasion comme des lions sur une proie. »

Thordric réfléchit un instant. « Mais je n'y connais rien, dans les enquêtes. Je ne sais même pas par où commencer.

— Ne dis pas de sottise, tu as déjà commencé en trouvant la marque sur le visage du grand mage. Tout ce que tu dois faire, c'est découvrir la nature de la magie utilisée, et si elle a eu une influence sur son décès. Cela devrait être facile si tu as *vraiment* du talent. » En disant cela, l'inspecteur eut un sourire moqueur. Il testait le garçon.

« Et si j'ai besoin de retourner dans les appartements de Kalljard pour l'examiner ? Ils ne me permettront plus d'entrer s'ils découvrent qui je suis. Et il pourrait y avoir des tonnes d'indices là-bas : la magie laisse des traces, vous savez, expliqua Thordric.

— Dans ce cas, je t'accompagnerai et je dirai que c'est moi qui cherche des preuves. Tu es mon garçon de courses, après tout, et vu que tu y es déjà allé deux fois avec moi, cela m'étonnerait qu'ils refusent.

— Tout se passera bien, Thordric, ajouta sa mère en se levant. Oh, d'ailleurs, j'ai gardé la potion découverte dans l'estomac du grand mage dans un bocal. J'aimerais que tu trouves le reste, de manière à ce que nous puissions confirmer que c'est vraiment sa potion d'éternelle jeunesse.

— Je devrais pouvoir le faire... » dit-il en espérant que sa voix ne trahissait pas ses craintes.

L'inspecteur se leva aussi. Il fit la grimace, à cause de l'effort. « Très bien, alors, conclut-il. *Thordric*, tu devrais aller te reposer. Allez, disparais. Demain matin, nous avons du pain sur la planche. » L'inspecteur devait prendre ça très sérieux : il l'avait appelé par son vrai nom !

Comme il rentrait chez lui à pied dans les rues sombres, cette fois éclairées avec des flammes vertes, il se sentait si léger qu'il aurait pu sautiller. Mais une telle attitude ne lui apporterait aucune considération. Pas plus que son apparence actuelle, d'ailleurs.

Ce soir-là, debout devant son miroir, il eut une idée. S'il pouvait faire disparaître les bosses d'une bouilloire, sans doute pouvait-il aussi se faire pousser les cheveux. Dans le miroir, il examinait son reflet, notant que ses cheveux avaient repris un peu de longueur, et que des poils fins couvraient sa lèvre supérieure. Il leur ordonna de s'allonger.

Rien ne se passa d'abord, et puis ils commencèrent à croître, millimètre par millimètre. Ses cheveux arrivèrent à la longueur souhaitée, juste au niveau de ses oreilles, et sa moustache s'étendait soigneusement au-dessus de sa lèvre. Mais quand il voulut stopper ses pouvoirs, rien ne se passa.

Il exigea encore et encore qu'ils s'arrêtent, mais cheveux et poils poussaient de plus en plus vite. Ils atteignirent bientôt ses épaules et puis sa taille, sans montrer la moindre envie de s'arrêter. Alors il commença à paniquer.

S'agitant dans sa chambre, il cherchait des ciseaux ou un couteau pour les couper. Le brouhaha alerta sa mère qui l'appela d'en bas. Mais comme il ne répondait pas, elle apparut à la porte.

Sa première réaction fut de crier : pendant un instant, elle crut qu'elle faisait face à un monstre. En effet, à ce moment-là, on ne voyait plus Thordric sous l'énorme masse de cheveux et de moustache. Et puis elle aperçut l'une de ses mains. « Thordric ! Par tous les sorts, qu'est-ce que tu as encore fait ? »

La réponse fut étouffée par sa tignasse : « Je n'arrive pas à les arrêter !

— Tu dois bien pouvoir. Si tu refais la même chose qu'au départ, mais à l'envers ?

— Ça ne marche pas ! » gémit-il. Ses pieds et ses mains s'emmêlaient dedans et il pouvait à peine à bouger. « Stop, stop, STOP ! » Il continua avec une longue série de gros mots qui firent pâlir sa mère. Et à leur grande surprise, cela fonctionna.

Thordric poussa un soupir et s'affala par terre, épuisé. Rapidement, sa mère trouva des ciseaux et tailla une ouverture devant son visage pour lui permettre de mieux respirer.

« Avant de couper tout le reste, je crois que tu me dois une explication, dit-elle.

— Je voulais juste plus de cheveux, se plaignit-il. Je voulais avoir l'air respectable, comme un vrai détective.

— Oh, Thordric ! Ce ne sont pas les apparences qui te rendent respectable. C'est la façon dont tu agis. Si tu veux que les gens te prennent au sérieux, alors tu dois agir sérieusement.

— Je sais... mais je pense quand même que je devrais au moins avoir des cheveux. »

Elle y songea un instant. « Soit, mais à condition que tu les gardes bien coiffés. Je ne veux plus te voir ébouriffé comme avant. Et pas de moustache.

— Mais...

— *Pas* de moustache.

— D'accord, maman... » répondit-il tristement. Elle reprit les ciseaux et commença à tailler dans la chevelure épaisse, ne laissant que ce qu'il fallait. Elle coupa une bonne partie de la moustache, puis sortit un rasoir pour qu'il rase le reste lui-même. Il alla dans la salle de bain et revint quelques minutes plus tard avec des coupures autour de sa lèvre. Sa mère n'eut aucune pitié.

« La prochaine fois que tu as une idée brillante à propos de magie, parles-en d'abord à Lizzie. Peut-être qu'alors, ça ne tournera pas à la catastrophe. »

. . .

Le lendemain matin, Thordric accompagna sa mère à la morgue pour examiner le contenu de l'estomac de Kalljard. La potion n'était pas encore tout à fait digérée, et on distinguait toujours cette couleur rose vif qu'il retrouverait certainement dans un flacon chez le grand mage. Il récupéra une fiole dans laquelle sa mère avait versé de la potion et la mit dans sa poche en grimaçant.

« Qu'est-ce que tu penses de la marque ? lui demanda-t-elle. Est-ce que ça pourrait l'avoir tué ? »

Thordric réfléchit un instant. « Je ne crois pas. Quand j'ai fait cette marque pour te la montrer, je voulais juste faire un point sur quelque chose. C'est comme dessiner un point sur quelqu'un avec un crayon ou un pinceau.

— Dans ce cas, tu dirais que c'est probablement la marque d'une cible ?

— Euh, je suppose que oui. Mais je dois parler à Lizzie pour savoir si c'est possible de tuer quelqu'un juste en le marquant de cette manière. Je ne suis pas encore assez calé pour être sûr.

— Retrouve plutôt la potion, d'abord. S'il s'avère que ce n'est pas celle qu'il buvait d'habitude, alors tu n'auras peut-être pas du tout besoin de chercher de la magie. »

Il quitta la morgue et retourna au commissariat. Là, l'inspecteur faisait les cent pas à l'accueil en tortillant sa moustache. Il décocha un regard noir à la nouvelle coiffure de Thordric et ouvrit la bouche pour faire un commentaire, mais il préféra se taire. Il toussota et lui annonça plutôt la raison pour laquelle il l'attendait.

« Je viens d'avertir nos hommes qu'à partir de maintenant, c'est une enquête officielle. Le Conseil des mages en a aussi été informé. Ce serait donc le bon moment de nous y rendre pour expliquer les derniers éléments dont nous avons connaissance.

— Oui, inspecteur.

— Fais profil bas et évite de faire voir que c'est toi qui cherches quelque chose. » L'inspecteur attrapa son manteau et ils se mirent en route pour le bâtiment du Conseil.

Une nouvelle fois, c'est le mage qu'on appelait Raan qui les reçut. Il se montrait bien moins courtois depuis qu'il savait qu'il était suspect. Il les escorta dans la galerie, et Thordric s'aperçut que toutes les portes étaient maintenant grandes ouvertes, de manière à laisser voir que rien d'inquiétant ne se passait. Clairement, le Conseil n'aimait pas être soupçonné.

Au lieu de les mener dans les appartements du grand mage, il les conduisit à la seule porte qui était fermée, sur la gauche. Raan frappa poliment et attendit. Au bout d'un instant, la porte s'ouvrit d'elle-même et Raan les fit entrer. Maître Vey était installé derrière un immense bureau en chêne, encombré de livres. « Bonjour, inspecteur. Bonjour, Thordric, les accueillit-il en levant la tête. Raan, vous pouvez nous laisser. Merci. »

Raan sortit de la pièce et Vey leur fit signe de s'asseoir. « Vous êtes ici pour des raisons officielles, je présume ? demanda-t-il.

— J'en ai bien peur, maître Vey, répondit poliment l'inspecteur. Je dois revoir les appartements du Révérend Maître. Il y a peut-être encore des indices qui pourraient nous indiquer l'identité du criminel.

— Je comprends, inspecteur. Cependant, je vous demanderai juste de ne pas déplacer les choses, autant que possible. Certains documents dans cette pièce doivent rester dans l'ordre.

— Bien entendu, nous — enfin... *je* — ne dérangerai rien sans raison valable.

— Très bien, alors. Je vous accompagne là-haut. » Ils sortirent de la pièce et montèrent jusqu'aux appartements de Kalljard. Immédiatement, Thordric fut frappé par une sensation écrasante de magie puissante. Il se demanda comment il avait pu la rater auparavant. Mais en fait, c'était bien naturel qu'il ne reconnaisse la magie que maintenant, puisqu'il ne l'utilisait que depuis quelques jours.

« Prenez votre temps », leur dit Vey avant de les laisser et de refermer la porte derrière lui. Ils l'écoutèrent descendre l'escalier, et lorsqu'ils furent certains qu'il était de retour dans son bureau, ils commencèrent à regarder autour d'eux.

« Tu trouves quelque chose, Thornabie ? » interrogea l'inspecteur qui cherchait autour du lit. En entendant son « nom », Thordric soupira. Il s'était douté que ça ne pouvait pas durer.

« Oui, inspecteur », répondit-il. Et il lui expliqua la sensation de magie.

« Mmm. Peux-tu dire si elle a été utilisée avant ou après sa mort ? » l'interrogea l'inspecteur qui fouillait maintenant l'un des tiroirs.

Thordric n'avait aucune idée. « Je ne sais pas. Je vais devoir demander à mon professeur s'il y a un moyen de le découvrir. »

L'inspecteur alla s'asseoir sur le lit pour tester la qualité du matelas et approuva d'un hochement de tête. « Et ton professeur, est-il un... pareil que toi ?

« Non, *elle* ne l'est pas. Par contre, son mari, oui. C'est pour ça qu'elle en sait autant sur le sujet. »

Les sourcils de l'inspecteur se relevèrent. « Ma sœur était mariée à un... type comme toi. Je ne me suis jamais vraiment entendu avec lui, mais elle l'adorait malgré ses... euh... ses défauts. Elle n'a jamais voulu m'écouter... » Il regarda Thordric et sa moustache prit tout à coup la forme d'un cône de fourrure. « C'est elle qui t'entraîne, c'est ça ?

— Oui, inspecteur, avoua Thordric. Mais ne vous mettez pas en colère contre elle, c'est elle qui m'apprend la magie dont j'ai besoin pour résoudre cette enquête. » Tout en parlant, il examinait le bureau de Kalljard. Il était recouvert de documents, chacun d'eux détaillant les plans pour de nouveaux sorts ou potions. Il les parcourut tous rapidement, mais ne repéra rien de suspect à leur sujet, sinon qu'ils n'avaient pas encore été signés. En ouvrant les tiroirs, il passa sa main à l'intérieur, mais ne trouva absolument aucun flacon. Où Kalljard aurait-il bien pu le cacher ?

Il balaya la pièce du regard, ignorant l'inspecteur qui ronchonnait après sa sœur. *Là !* Ses yeux fixaient l'une des colonnes du lit, juste au-dessus de la tête de l'inspecteur. Dessus, il y avait une trace quasi indétectable, qui laissait deviner un compartiment secret. L'inspecteur l'observa avec curiosité lorsqu'il s'approcha de la colonne pour examiner le bois. Ayant trouvé les bords, il essaya de l'ouvrir en forçant avec ses doigts. Mais sans succès.

7

UN ENTRAÎNEMENT INTENSIF

Thordric tenta de forcer le compartiment en enfonçant ses ongles dans les interstices avec hargne. Pourtant, il n'arriva pas à l'ouvrir. Alors il chercha autour de lui un objet plus solide qu'il pourrait utiliser comme levier. Il essaya avec des plumes prises sur le bureau, et puis avec les clés de chez lui, mais rien ne passait. Il allait abandonner lorsque l'inspecteur sortit son peigne à moustache. Il était fin et en métal, avec des dents suffisamment robustes pour ne pas se tordre. L'outil parfait ! Thordric s'en empara si vivement qu'en le lâchant, l'inspecteur se retrouva quasiment avec les doigts dans le nez. Thordric força autant qu'il put, et avec un petit claquement, un cube de bois fut éjecté pour atterrir à ses pieds.

Dans l'espace qu'il découvrait, on voyait maintenant un flacon de verre incrusté d'argent, à moitié plein d'un liquide rose. Thordric sortit la fiole du contenu de l'estomac de Kalljard et l'approcha du flacon. La couleur des potions était exactement identique.

« Donc il la prenait toujours », constata l'inspecteur. Il leva les sourcils. « C'est étrange qu'il n'ait pas utilisé la magie pour le cacher, cela dit.

— Le bâtiment en est truffé, inspecteur. Je parie que la plupart des mages pourraient facilement forcer n'importe quelle serrure magique. C'est probablement ce qu'ils cherchaient, d'ailleurs.

— Alors, il a adopté la méthode à laquelle ils s'attendaient le moins, et l'a juste cachée de la manière habituelle ? C'est habile, admit l'inspecteur d'un air songeur. Dommage que son meurtrier n'ait pas pensé à la même chose. Par contre, cela ne nous apprend rien sur les pouvoirs utilisés, ou sur le moment où ils l'ont été. »

Thordric ne dit rien. Il glissa le flacon et la fiole dans sa poche et remit le cube de bois à sa place, en prenant soin de ne laisser aucune trace de leur découverte. Il examina une nouvelle fois les appartements, percevant toujours la magie qui y avait été utilisée.

« Pardon, inspecteur, mais je ne peux rien faire d'autre ici pour le moment. Je dois retourner parler à Lizzie. J'ai encore beaucoup à apprendre avant de pouvoir comprendre tout ça. »

L'inspecteur grogna. « Soit. Au moins, nous ne repartons pas *les mains vides*. » Il se leva en marmonnant dans sa moustache. Thordric crut entendre quelque chose comme « *toujours mieux que rien* ».

Ils quittèrent la pièce et trouvèrent maître Raan qui les attendait au pied des escaliers. Il les dévisagea, d'un air pincé, mais ne fit aucun commentaire. Il les reconduisit le long de la galerie, et Thordric nota que certains mages qui travaillaient dans les différentes salles s'étaient rassemblés pour les voir partir. Il pouvait sentir leur hostilité vis-à-vis de la façon dont lui et l'inspecteur remettaient en cause leurs pratiques. Il n'eut pourtant aucune sympathie pour eux.

Dès qu'ils furent sortis du bâtiment, il commença à se détendre. La brise vint rafraîchir son visage et chasser les pouvoirs intenses qui l'avaient suffoqué. Il fut toutefois frappé par le ridicule du Conseil des mages. Tout ce qu'il proposait, c'étaient des sorts et des potions sans réelle utilité. Aucun d'eux ne se servait de ses talents pour guérir les gens, ou pour reconstruire les choses après un incendie ou un tremblement de terre. Toute la magie qu'ils vendaient à la population n'avait aucun intérêt.

. . .

Il retrouva sa mère à la morgue, occupée à prendre des notes sur son dernier patient. Il ravala sa salive en voyant par-dessus son épaule ce qu'elle venait d'écrire, et son visage devint légèrement plus vert. Il secoua la tête pour reprendre ses esprits, et présenta le flacon et la fiole de potion à sa mère.

« Ah, magnifique. Cela dit, je vais devoir les filtrer pour vérifier qu'elles sont identiques », annonça-t-elle en versant un peu de chaque liquide dans des éprouvettes. Avec précaution, elle colla des étiquettes sur chacune d'elles, puis se dirigea vers le placard pour récupérer le reste de son matériel de chimie. « Pour moi, c'est bon. Tu peux y aller. L'inspecteur a sûrement encore besoin de toi. »

Alors que les talons de sa mère s'éloignaient en claquant sur le carrelage, Thordric repartit pour le commissariat. Comme d'habitude, il se rendit directement au bureau de l'inspecteur, pensant lui demander s'il pouvait retourner chez Lizzie pour continuer son entraînement. Mais quand il ouvrit la porte, il la trouva assise face à son patron. Elle l'accueillit avec un large sourire, qui contrastait avec le visage renfrogné de son frère. Thordric se tourna vers lui et nota que sa moustache était à nouveau retroussée jusqu'à ses narines.

« Bonjour, mon garçon », lui lança Lizzie. Son chignon, aujourd'hui plus ample, tirait bien moins ses cheveux en arrière. Et elle portait une jupe et un corsage bordeaux foncé. Thordric la soupçonna d'avoir pressenti que l'inspecteur découvrirait ses activités. Alors elle était venue plaider sa cause... et la gagner !

En lui faisant signe de s'asseoir, l'inspecteur attaqua sur un ton agacé : « Thrombile, je crois que je n'ai pas besoin de te présenter ma sœur Elizabeth...

— Lizzie, rectifia-t-elle. Ne sois pas si coincé, Jimmson. »

L'inspecteur la fusilla du regard. « ... *Ma sœur Lizzie*, donc, me dit qu'elle est contente de te former. Et comme je ne vois pas d'autre solution, je te donne une semaine de congé pour apprendre tout ce dont tu as besoin pour résoudre cette affaire rapidement.

— Une semaine ? » Les mots s'échappèrent de sa bouche comme un cri d'excitation, tellement il était stupéfait. Il sauta de sa chaise pour se mettre à danser tout autour de la pièce, mais il aperçut la moustache de l'inspecteur et se rassit aussitôt.

« Tu devrais vite aller prévenir ta mère, mon garçon, lui conseilla Lizzie. Et prépare ta valise aussi.

— Ma valise ? Nous partons quelque part ?

— Eh bien, je ne peux pas t'apprendre ce que tu as besoin de savoir en ville, les gens sont bien trop curieux. Mon cher mari avait une propriété à deux pas de la forêt des Senteux. Ce sera un endroit parfait pour ton entraînement.

— Et... quand partons-nous ? demanda-t-il.

— Aujourd'hui, dès que tu seras prêt », dit-elle calmement.

Thordric s'évanouit.

Il revint à lui au moment où l'inspecteur allait le gifler pour le réveiller, et il se redressa rapidement pour l'en empêcher. Celui-ci poussa un léger soupir.

Thordric constata alors que Lizzie était toujours assise à sa place, et que sa mère les avait rejoints. Elle semblait avoir eu le temps de rentrer à la maison et de lui préparer une grosse valise pleine de vêtements qui était posée à côté de sa chaise.

« Thordric ? Comment te sens-tu ? » lui demanda-t-elle en passant sa main sur son front pour voir s'il avait de la fièvre, comme quand il était petit garçon. Il se mit à rougir sous le regard de Lizzie et de l'inspecteur, et écarta vite la main de sa mère.

« Je vais bien... vraiment... » Il se remit sur pied en titubant et s'assit sur sa chaise. « Ça fait combien de temps... ?

— À peu près une heure, répondit Lizzie. J'ai aidé ta mère à préparer ta valise. Nous avons pensé qu'il valait mieux te laisser ici jusqu'à ce que tout soit arrangé. Nous voulions éviter que tu utilises tes pouvoirs à tort et à travers sous l'effet de l'excitation. »

Thordric la regarda de travers. « On dirait que je suis prêt, alors. On y va ?

— Juste une minute, Thordric, l'interrompit sa mère. J'ai pensé que vous voudriez savoir, toi et l'inspecteur, que mes tests sur les potions apportent la preuve incontestable que c'est bien une seule et même potion. Je dois encore faire quelques analyses bien sûr, mais je suis certaine qu'elles arriveront à un résultat identique.

— Mmm, réagit l'inspecteur en tortillant sa moustache. Ce mage Raan semblait si convaincu que Kalljard avait arrêté de la prendre. Peut-être essayait-il juste de nous en persuader aussi.

— Je ne sais pas, inspecteur, dit Thordric. Je ne crois pas qu'il aurait osé faire une telle chose, même s'il était au courant.

— Et il se pourrait que tu aies raison, Thornsbie. Mais n'oublie pas que c'est un *mage*. Clairement, il fait preuve d'intelligence et de savoir-faire dans son travail. Il ne serait pas entré au Conseil, sinon.

— Jimmson, tu sais aussi bien que moi que le Conseil admet *tous* les mages, quelles que soient leurs capacités. Et je parierais que notre garçon a plus de talent dans une narine que ce maître Raan », protesta Lizzie.

La moustache de l'inspecteur s'agita nerveusement. « Ce que je veux dire, Thornabie, c'est qu'il ne faut pas te laisser guider par tes émotions. Tu dois examiner attentivement chaque suspect, et trouver le moindre détail qui pourrait prouver leur culpabilité.

— Oui, inspecteur, admit Thordric.

— Des paroles d'encouragement très intéressantes, je dois dire », continua Lizzie. Elle se leva et réajusta sa jupe. « Je crains cependant qu'il nous faille vraiment partir. Tu vas devoir trouver quelqu'un d'autre pour te servir du thé et des Pim's. »

Pendant tout le trajet, Thordric et Lizzie furent rudement secoués dans le fiacre qui les emmenait jusqu'à la forêt des Senteux. Thordric n'avait jamais pris ce mode de transport avant, et il trouva ça peu à son goût. Son visage avait pâli, et la sueur coulait de son front. Tout son corps souffrait tellement qu'il pensait avoir de la fièvre.

« Ne sois pas ridicule, le corrigea Lizzie quand il lui en parla. C'est juste un léger mal des transports, c'est tout. Tu *pourrais* utiliser tes pouvoirs pour l'apaiser, tu sais. Peut-être que je t'expliquerai comment faire pour le retour. »

Il marmonna quelques mots indistincts et tourna la tête pour regarder par la fenêtre. Ils passaient devant de riches maisons à trois étages, et l'odeur d'une boulangerie vint lui chatouiller les narines. Ils se trouvaient dans les quartiers huppés, seulement à quelques rues du Conseil des mages. Comment se faisait-il qu'ils soient *toujours* en ville alors que le fiacre roulait depuis si longtemps ?

Soudain, la voiture fut secouée en empruntant une rue pavée, et Thordric s'évanouit une nouvelle fois.

Il se réveilla brusquement lorsqu'un ululement lui arriva aux oreilles.

Le fiacre avait cessé de bouger, et Lizzie avait disparu. Il ouvrit la portière pour sortir, mais il rata la marche et tomba la tête la première dans une flaque. Se relevant tout en recrachant l'eau avec dégoût, il remarqua alors la maison devant lui.

Les murs étaient construits en pierre grise, et s'élevaient sur deux étages. Ce qui étonna Thordric le plus, cependant, c'était simplement sa longueur. On aurait pu mettre vingt fiacres bout à bout, et c'était juste la partie qu'il pouvait voir ! Le reste semblait s'enfoncer dans les profondeurs de la forêt.

« Ah, jeune maître ! Vous voilà réveillé », l'interpella le cocher en le découvrant par terre. Il portait une veste de cuir épaisse qui laissait apparaître une doublure en laine, et des gants de peau. Malgré tout, il se frottait les mains pour échapper au froid que Thordric commençait à ressentir. « Prévenez la dame que je m'en vais maintenant, s'il vous plaît. Je reviendrai vous chercher dans une semaine. »

L'homme remonta sur son fiacre, et donna un petit coup de rênes pour faire démarrer les grands chevaux qui le tiraient. Ils partirent au trot avec beaucoup d'enthousiasme. Thordric les regarda disparaître dans l'obscurité croissante, puis il se précipita vers l'épaisse porte en bois de la maison. Il l'ouvrit et franchit le seuil en titubant. La chaleur du feu dans la cheminée se répandit dans tous ses membres.

L'intérieur était illuminé par des globes jaunes accrochés aux murs. Il n'avait jamais rien vu de semblable.

Un bruit de pas se fit alors entendre et Lizzie apparut dans le hall. Elle avait passé une robe beaucoup plus simple que celle qu'elle avait portée plus tôt. « Ah ! Te voici ! J'allais justement te chercher. Il y a un repas chaud qui t'attend, si tu veux. Par ici. » Elle se retourna, mais remarqua qu'il ne la suivait pas. « Que t'arrive-t-il ? » demanda-t-elle. Thordric lui montra les globes, la bouche grande ouverte. Elle sourit. « C'est une invention de mon mari. Il refusait qu'on allume des bougies et des chandeliers sur les murs. Il pensait que cela brûlerait le papier peint. Du coup, il a créé ça pour les remplacer. Ça fonctionne avec une potion spéciale qui produit de la lumière pendant presque huit heures. Il suffit de les secouer. Et dès que l'éclairage commence à faiblir, tu n'as qu'à remuer une nouvelle fois.

— C'est... c'est génial !

— C'est vrai. Allez, viens. Le dîner est prêt », annonça-t-elle avant de s'engager dans le couloir. Et Thordric la suivit, réalisant tout à coup que son estomac gargouillait bruyamment.

La cuisine se trouvait assez loin du hall d'entrée, et Lizzie lui fit parcourir de longs couloirs qui serpentaient dans la maison. À tel point d'ailleurs qu'il n'était pas sûr de pouvoir retrouver son chemin. Quand ils arrivèrent enfin là-bas, Thordric remarqua que le couvert avait été mis sur une immense table en bois. Et la plus délicieuse des odeurs s'échappait des fourneaux noirs qui occupaient la moitié du mur. Il s'assit et regarda Lizzie sortir un grand plat de pommes de terre rôties, un poulet entier, et plus de légumes et de sauces qu'il n'en avait jamais vus. Sa mère ne cuisinait certainement pas autant, elle n'en avait jamais le temps. D'ailleurs, c'était plutôt lui qui préparait les repas d'habitude, et ça se limitait à des ragoûts, des pâtes ou du riz.

« D'où vient toute cette nourriture ? » demanda-t-il. Il empilait tout ce qu'il pouvait sur son assiette.

« J'ai tout commandé hier et ça a été livré ce matin. J'ai dit au garçon livreur d'utiliser le passe-partout que je garde toujours dehors, sous la statue du hérisson. On en aura assez pour toute la semaine. Même si tu manges autant tous les jours... » Elle pointait du doigt son assiette qui débordait presque.

« Ça a dû coûter beaucoup d'argent, s'étonna-t-il en avalant une pomme de terre.

— C'est vrai, admit-elle en souriant. Heureusement, c'est mon cher frère qui paye, ça n'est donc pas la peine de t'en soucier. »

Thordric s'étouffa avec ses petits pois. « Sans blague, l'inspecteur a proposé de payer tout ça ?

— Non, pas vraiment, mais j'ai pu le persuader. Tu es un employé du commissariat précieux, même s'il est trop têtu pour le reconnaître. Il sait très bien qu'ils ne pourront pas résoudre cette affaire sans ton aide. Alors je lui ai fait comprendre que ton apprentissage était de la plus haute importance. »

Thordric termina son repas, le ventre bien trop plein, et Lizzie le conduisit à ses quartiers. Comme tout dans cette maison, sa chambre était immense. Il y avait un lit démesuré, sur lequel était posée sa valise qui attendait d'être défaite. Deux énormes armoires en chêne se faisaient face, de chaque côté de la pièce. Et à sa grande stupéfaction, il trouva aussi une porte qui menait à sa propre salle de bain. La baignoire, en porcelaine, était même équipée d'un robinet, contrairement à la baignoire en étain cabossé qu'il avait chez lui.

« Est-ce que je peux prendre un bain ? demanda-t-il en passant sa main sur la surface lisse.

— Bien sûr que oui. En fait, ajouta-t-elle en reniflant, ce serait même plutôt recommandé. Cela dit, le robinet ne donne que de l'eau froide. Tu devras donc la réchauffer toi-même. Et pas en utilisant les fourneaux. »

8

DU BOIS DE CHAUFFAGE

*L*izzie sortit de la chambre et laissa Thordric faire couler son bain. L'eau était glacée. S'il plongeait là-dedans, il serait congelé en moins de deux. Elle savait vraiment comment lui compliquer la vie !

Se frottant les yeux pour remettre son cerveau en marche, il décida de remplir la baignoire avant d'essayer de réchauffer l'eau. Et pendant qu'elle coulait, il alla défaire sa valise.

Son visage devint écarlate quand il vit ses sous-vêtements tout au-dessus. Il se souvint que Lizzie avait aidé sa mère à préparer ses bagages. En un éclair, il les jeta dans un tiroir, à l'intérieur de l'armoire la plus proche. Il y avait ensuite ses chemises et ses vestes, ses pantalons et ses chaussettes, et enfin — il rougit encore — ses maillots de corps et ses caleçons longs. Tout au fond se trouvait une bouteille de sirop contre la toux amélioré par le Conseil des mages, une brosse à dents, et les ciseaux que sa mère avait utilisés pour lui couper les cheveux.

Quand il eut fini, la baignoire était sur le point de déborder. Il ferma le robinet et s'agenouilla pour réfléchir au meilleur moyen de réchauffer l'eau. Jusqu'à présent, il avait appris qu'en général, les choses faites par magie devaient être visualisées comme s'il les faisait à la main. C'était le cas avec la peinture ou la réparation de la bouilloire. Il était sûr que s'il imaginait l'eau en train de chauffer sur les fourneaux, cela ferait l'affaire.

Et ça fonctionnait... beaucoup trop bien !

Il plongea son doigt et le retira aussitôt avec une grimace de douleur, alors qu'une cloque commençait à se former. Il alla chercher un cintre métallique dans l'une des armoires et ôta prudemment le bouchon de la baignoire pour la vider un peu. Il rouvrit le robinet pour faire couler l'eau glacée, et attendit que son bain revienne à une température supportable. Cela ne prit qu'un instant.

En se déshabillant, il se réjouissait à l'idée d'un bon bain chaud. Mais la porte s'ouvrit subitement et Lizzie entra avec une pile de serviettes de toilette roses bien moelleuses. Elle les posa sur le lit, sans même remarquer qu'il était tout nu. « Désolée, dit-elle. Je n'ai pas trouvé de serviettes blanches. »

Thordric couvrit rapidement son bas-ventre avec ses mains et se faufila derrière la porte de la salle de bain pour qu'elle ne le voie pas. Malheureusement, elle leva les yeux avant qu'il ait pu disparaître et se mit à rire. Les joues de Thordric commencèrent à être aussi brûlantes que l'eau de son bain.

« Ne sois pas bête, mon garçon ! Pas besoin de te cacher. J'ai également eu un fils, tu sais. » Elle lui envoya une serviette pour diminuer son embarras. Il l'enroula vite autour de sa taille pour essayer de retrouver un peu de dignité contre la nudité.

« Vous ne m'avez jamais dit ça, bafouilla-t-il. Et d'abord, je suis presque un homme. »

Elle rit encore. « *Presque*, mais pas tout à fait. » Elle allait sortir.

« Attendez, l'interrompit-il. Vous avez dit "j'ai eu". Que lui est-il arrivé ? »

Elle soupira et s'assit sur le lit. « Il s'est enfui. Juste après le décès de mon mari. Il avait un ou deux ans de plus que toi, à l'époque, et j'ai passé dix ans à le chercher. À la fin, mon cœur ne le supportait plus, alors j'ai abandonné. » Elle renifla. Thordric se sentit mal à l'aise d'avoir engagé cette conversation, mais sa curiosité était tout de même plus forte.

« Lui aussi, c'était un demi-mage ? » demanda-t-il.

Elle essuya ses yeux et se redressa. « Je pensais qu'il l'était, mais il n'en a jamais montré aucun signe. Mon mari a bien essayé de lui apprendre des choses malgré tout, mais ça ne lui est jamais venu. Et ça n'avait pas l'air de l'intéresser non plus. Enfin bon, assez parlé. Tu ferais mieux de prendre ton bain avant que l'eau ne refroidisse complètement. » Et là-dessus, elle sortit de la chambre.

Tôt le lendemain matin, elle frappa à sa porte pour le prévenir que son petit-déjeuner l'attendait. Thordric ouvrit les yeux et regarda par la fenêtre. Il faisait toujours nuit dehors. Il gémit.

Se tirant du lit, il attrapa des sous-vêtements propres et un pantalon, et fouilla pour trouver l'une de ses vestes les plus chaudes. Il enfila ses godillots et descendit les escaliers en traînant des pieds. Essayant de se rappeler quel couloir menait à la cuisine, il décida de partir vers la gauche, mais se rendit compte que les globes n'étaient qu'à moitié allumés. Il fit donc demi-tour pour continuer en sens inverse. Après avoir tourné plusieurs fois du mauvais côté, il se retrouva dans la cuisine où Lizzie lui avait préparé un bol de porridge chaud. Il l'avala goulûment en se demandant où elle était allée. La réponse ne se fit pas attendre : lorsqu'elle revint dans la cuisine, elle portait, comme si de rien n'était, une redoutable hache.

« Ne traîne pas trop, j'ai déjà préparé ton premier exercice dans le jardin. » Elle posa la hache sur la table, à côté de lui. « Tu auras besoin de ça », ajouta-t-elle.

Il regardait l'objet fixement, sa cuillère suspendue en l'air près de sa bouche. « Vous voulez que je coupe du bois ?

— Oui, il fait froid si je ne garde pas le feu allumé.

— Mais il va falloir que j'utilise la magie ? demanda-t-il.

— Évidemment. Je ne t'ai pas amené ici pour faire les choses à la main. » Elle secoua la tête, puis elle alla s'occuper de la bouilloire. Il réfléchit un moment, en finissant son porridge.

« Je ne vois pas comment ça va m'aider à reconnaître le type de magie utilisée.

— Alors, sers-toi de ton cerveau, répondit-elle du tac au tac. Tu as fini ? »

Il lui tendit son bol, s'empara de la hache et sortit, la tête basse. « Ne fais pas la moue, petit, ajouta-t-elle. Et coupe-le bien proprement. »

En ouvrant la porte, le froid s'abattit sur son visage, ce qui le fit reculer. Il retrouva vite son équilibre et se dirigea d'un pas lourd vers le tas de bois.

En le regardant, les larmes vinrent embuer ses yeux, à cause du vent et de la hauteur du tas. Alors il serra les mâchoires et posa une première bûche sur le billot. Il plaça ensuite la hache sur le sol et essaya de la soulever de la même manière qu'il avait fait voler le pinceau. Elle se mit lentement à flotter dans les airs et il tremblait un peu en s'habituant à son poids. Mimant l'opération avec ses mains, il l'abattit sur le morceau de bois. Elle suivit bien le mouvement, mais rata la cible, ce qui la fit rebondir pas loin de son pied. Il fit un saut en arrière en ravalant sa salive, puis fit une nouvelle tentative.

Elle fut plus facile à soulever cette fois, mais quand il la fit retomber, elle ne coupa qu'un petit morceau de bois. Son balancement était trop faible, il devait y mettre plus de force — et de précision, aussi. Sinon, Lizzie lui ferait tout recommencer.

Il fit un troisième essai en ajustant son coup. Cette fois-ci, il réussit à planter la hache dans la bûche, et elle y resta si bien coincée qu'elle ne voulut plus en ressortir. Il tira dessus de tous ses pouvoirs, et puis avec ses mains. Mais elle ne bougea pas.

La saisissant fermement, il maintint le morceau de bois avec ses pieds et remua la hache dans tous les sens. La sueur commençait à couler dans son dos malgré le froid. Il tira d'un coup sec et le manche lui resta entre les mains. Ayant perdu l'équilibre, Thordric se retrouva le derrière par terre, alors que la tête de la hache ricanait en jubilant sous les rayons du soleil.

Serrant les dents pour éviter de jurer, il se releva et força le manche dans l'orifice. Il exerça un peu plus de force sur le bois, et un peu moins sur la hache, puis tira. Elle ressortit d'un seul tenant et vola par-dessus sa tête pour atterrir juste derrière lui.

« Je vais bien finir par t'avoir », marmonna-t-il, en regardant la bûche comme s'il était offensé par sa simple présence. Il souleva à nouveau la hache par magie et, grâce à son acharnement, il lui fit traverser les airs pour la laisser retomber de toutes ses forces. Elle fendit le morceau de bois en son centre, en deux parties égales. « Tiens ! Prends ça ! » s'écria-t-il en reprenant la hache et en la faisant tournoyer au-dessus de sa tête comme une épée.

« Tu te rends compte que c'est dangereux, je suppose », observa Lizzie, juste derrière lui. Il fut tellement surpris qu'il fit un bond de quelques centimètres en l'air.

« Euh... j'essayais juste de...

— Oui, j'ai vu. Coupe le reste du bois comme ça, et je te préparerai peut-être à déjeuner. » Elle disparut à l'intérieur, en faisant claquer la porte.

Quelques heures plus tard, les mains endolories et étrangement couvertes d'ampoules, il se traîna dans la cuisine où l'odeur du repas préparé par Lizzie fit gronder son estomac. Elle lui lança un coup d'œil compatissant et lui apporta un bol d'eau chaude pour y tremper ses mains.

« Je ne comprends pas », se plaignit-il. Il plongea ses mains dans l'eau et la chaleur se propagea à travers ses doigts, soulageant la douleur due aux cloques de façon spectaculaire. « Une fois que j'ai trouvé comment faire, j'ai à peine touché la hache. Mais j'ai quand même mal aux mains et j'ai plein d'ampoules. Comment c'est possible ?

— Mon mari appelait ça la *fatigue fantôme*, expliqua-t-elle en mettant le couvert. C'est parce que tu fais croire à ton corps que tu le fais réellement, même si ça n'est pas le cas. Cela disparaîtra au fur et à mesure que tu t'habitueras à ce genre de pouvoirs.

— J'espère bien. Sinon, je vais souffrir le reste de ma vie, si ça arrive à chaque fois. »

Pour déjeuner, il y avait du ragoût et des petits pains tout juste sortis du four. Thordric mangea le tout avidement. Une fois qu'il eut fini, Lizzie lui demanda de rapporter le bois qu'il avait coupé, toujours en utilisant ses pouvoirs. Cette fois, c'était facile et il réussit à tout transporter en trois allers-retours. Après avoir terminé, elle l'appela dans la cuisine. Il faillit repartir sur le champ en voyant la quantité de casseroles et de marmites qu'elle avait empilées pour lui. Mais elle le rattrapa par le bras et le fit asseoir devant le tas. Ce n'est qu'à ce moment-là qu'il remarqua qu'elles étaient toutes brillantes et sans la moindre éraflure. Il lui lança un coup d'œil méfiant, se demandant ce qu'elle attendait de lui.

« Maintenant que tu as réveillé ton esprit, il est temps d'essayer quelque chose de nouveau. » Elle lui montra une marmite. « Comme tu peux le voir, elles sont toutes en bon état. Ce que je te demande, c'est que tu les abîmes. Je veux des bosses et des entailles, des poignées tordues et des traces de brûlure. »

Il la regardait avec de grands yeux, ses sourcils tellement relevés qu'ils touchaient presque ses cheveux. « Vous voulez que je les cabosse ? Vous êtes sûre ?

— Certaine. Mais, l'avertit-elle avec sévérité, je veux seulement qu'elles aient *l'air* abîmées.

— Mais... hein, quoi ? Comment est-ce que je vais faire ça ?

— Tu dois produire une illusion, petit, expliqua-t-elle en levant les yeux au ciel.

— Une illusion ? Pourquoi est-ce que je dois apprendre ça ? »

Elle lui donna un coup de rouleau à pâtisserie sur les doigts, ignorant sa grimace de douleur. « Pas la peine de demander, tu devrais le savoir maintenant. Remplis ta tête de magie, pas de questions. Tu me trouveras plus loin dans le couloir, si tu as besoin de moi. » Elle le laissa encore tout seul.

Il était complètement perdu, cette fois. Par où commencer pour produire une illusion ? Il attrapa l'une des plus petites marmites, essayant d'imaginer sa surface brillante toute salie et cabossée. Il se dit que ça devait être possible, sinon Lizzie ne le lui aurait pas demandé. Mais il était à court d'idées.

S'il n'avait eu aucun pouvoir, comment aurait-il fait ? Il devait commencer là, il en était convaincu. Pourtant, il n'était même pas sûr de savoir comment s'y prendre. S'il utilisait de la peinture, cela modifierait vraiment la surface de la marmite, et il soupçonnait que ce n'était pas ce qu'elle attendait. Il pouvait les enrober avec quelque chose, cela dit, comme s'il voulait les déguiser.

Peut-être qu'il pouvait les couvrir avec une sorte d'enveloppe ? Il comptait essayer, mais il réalisa qu'il allait devoir les transformer les unes après les autres, pour que ça marche correctement.

Il reprit la petite marmite, ferma les yeux, et imagina qu'il la camouflait sous une pellicule blanche. Puis il les rouvrit. Il y avait bien *quelque chose* tout autour, mais c'était si transparent que c'en était presque invisible. Il soupira et l'enveloppe disparut aussitôt.

Lizzie passait au même moment et aperçut la couverture transparente juste avant qu'elle ne s'efface. Thordric se rendit compte de sa présence et baissa la tête. « Je n'y arrive pas, gémit-il.

— Rien n'est impossible, surtout pour quelqu'un qui a tes capacités. Tu es déjà allé plus loin que ce que j'espérais, et ça ne fait qu'une heure que tu travailles dessus.

— Mais il ne s'est quasiment rien passé.

— Ce n'est pas ce que j'ai vu. Je pense que tu as trouvé la façon de le faire, dit-elle en glissant les bûches qu'il avait coupées dans les fourneaux.

— Ben... oui... Mais ça n'a quand même pas marché.

— Je ne m'attendais pas à ce que tu réussisses du premier coup, mon garçon. C'est une sorte de magie bien différente que celle que tu as utilisée jusqu'à présent. C'est d'un niveau très avancé, et cela prendra du temps. » Elle lui versa une tasse de thé fort et alla chercher une assiette de biscuits dans l'un des placards. « Allez, repose-toi pour aujourd'hui. Il y a encore plein de choses que je dois t'apprendre. Tu pourras réessayer demain. »

Il but son thé doucement, prenant note de ce qu'elle avait dit. Il en était donc à un niveau avancé de la magie ? Il comprenait bien pourquoi : ça l'avait fait bien plus transpirer que de couper du bois, et en deux fois moins de temps.

« Est-ce que tu t'y connais dans les plantes ? demanda-t-elle après quelques instants.

— Bah, je sais reconnaître les mauvaises herbes dans notre jardin. Mais je n'ai jamais eu besoin d'en apprendre plus là-dessus.

— Ce sera quand même un bon début pour ce qui t'attend ensuite. » Elle sortit un petit carnet de la poche de son tablier et le lui tendit. Il feuilleta les pages remplies d'une écriture nette. C'était une liste des plantes de la région qui commençait par les plus communes, et qui était accompagnée de croquis et de détails sur la façon de les reconnaître.

« Mon mari l'a rédigé quand il a étudié les propriétés de certaines herbes. Et puis il a découvert que d'autres plantes dans la forêt des Senteux avaient, elles aussi, des propriétés intéressantes.

— Les herbes, c'est avec ça qu'on fait les potions, non ? demanda-t-il en tournant les pages.

— Exactement. Mais ça ne sera pas pour aujourd'hui. Je veux seulement que tu ailles te promener et que tu essaies d'en identifier autant que tu peux, en utilisant ce carnet. »

Il la regarda et un énorme sourire apparut sur son visage.

9

FLAIRÉ PAR LES SENTEUX

*L*izzie lui donna une cape de velours épais. Il la mit sur ses épaules et se rendit compte qu'il y avait aussi des manches. Alors il enfila ses bras dedans, attacha l'agrafe qui se trouvait en son milieu, et jeta un œil à son reflet dans le miroir. On aurait dit un membre du Conseil des mages, sauf que sur sa poitrine était cousue une demi-lune, plutôt que le symbole du livre et du flacon.

« C'était celle de votre mari, n'est-ce pas ? » lui demanda-t-il. Il ne put s'empêcher de passer la main sur le tissu doux et lisse.

« Oui. Je l'ai faite pour lui pendant un hiver, pour qu'il aille ramasser ses herbes sans prendre froid. Je suis sûre qu'il aurait aimé que tu la portes pour faire la même chose. C'est la tienne, maintenant.

— Merci, Lizzie. » Après avoir relevé sa capuche, il ouvrit la porte et le vent lui fouetta le visage une nouvelle fois. Attrapant sa lampe et serrant fort le carnet contre lui, il se mit en route pour la forêt.

Il longea d'abord la maison et découvrit qu'elle ne s'étendait pas vraiment jusque dans les arbres. À l'extrémité du bâtiment, sur le mur du fond, il trouva une porte dont les charnières étaient complètement rouillées. Il pourrait sans doute l'ouvrir rien qu'en donnant un coup dedans. Il haussa les épaules et remarqua alors une plante à l'aspect étrange juste à ses pieds. Il feuilleta rapidement son carnet pour savoir ce que c'était. L'image se trouvait en fait sur la première page, avec la légende « V. Commun ». Bon, c'était peut-être commun par ici, mais Thordric n'en avait jamais vu avant. Sa longue tige fine vert foncé portait ce qui ressemblait à une sorte d'énorme globe violet, à la place de la fleur. Il supposa que c'était un genre de fruit, mais il vérifia les notes pour en être certain.

Nez-de-géant (Vicus Ruberus) : Se trouve à foison dans les zones de forêt. Un bulbe pousse à la place du fruit. Récolter la tige et le bulbe. Propriétés : réduit la fièvre et calme l'anxiété.

Donc, c'était un bulbe. Il en cueillit un et le mit dans sa poche, même si Lizzie lui avait seulement demandé de les identifier. Il avança alors dans la forêt et comprit bientôt ce que son mari avait voulu dire par « commun » : le sol en était jonché. De tous les côtés, des buissons entiers poussaient quasiment jusqu'à sa hauteur.

Il les dépassa péniblement et se dirigea tout droit vers le cœur de la forêt. Là, il faillit marcher sur un bouquet de délicates fleurs jaunes qui ne mesuraient pas plus de trois centimètres de haut. Il s'agenouilla pour les observer de plus près et son nez perçut le plus délicieux parfum qu'il ait jamais senti. On aurait dit un mélange de noix de coco et de vanille, avec une pointe de pétale de rose. Il rouvrit son carnet, et la trouva vers le premier tiers.

Soleil-enchanteur (Oppulus Nuvendor) : Pousse en petites touffes, difficiles à repérer. Ne se rencontre que dans certaines régions. Ne récolter que la fleur. Propriétés : provoque des hallucinations plus ou moins intenses, en fonction du dosage. Une utilisation fréquente peut être fatale.

73

. . .

Il décida de ne pas cueillir cette plante-ci trop vite, à moins de vouloir s'en servir sur quelqu'un qu'il n'aimait pas. Il sourit en imaginant ce qui arriverait à l'inspecteur s'il en ajoutait un peu dans son thé. Non, l'inspecteur n'était pas assez méchant pour ça.

En marchant plus loin dans la forêt, il identifia une dizaine d'autres plantes qu'il n'avait jamais vues avant. Certaines faisaient passer les maux de tête et les fièvres, quand d'autres apaisaient les contusions ou guérissaient les os plus rapidement. L'une d'elles empêchait même la chute des cheveux. Il fut alors surpris par la quantité d'utilisations que toutes ces plantes pouvaient avoir, puisqu'à côté de chacune d'elles étaient notés tous les mélanges possibles pour créer divers effets.

Il en chercha d'autres avec beaucoup d'intérêt. Mais plus il avançait, plus il avait la sensation d'être observé. Il jeta un œil autour de lui en levant sa lampe assez haut dans l'obscurité grandissante, mais ne remarqua rien. Haussant les épaules, il continua son chemin. Et c'est alors qu'une branche craqua derrière lui et le fit sursauter. Il se retourna, mais ne vit toujours rien. « J'aurais juré... » Il n'eut pas le temps de finir sa phrase : l'un des buissons se mit à frémir. Il se transforma et rétrécit lentement jusqu'à prendre l'apparence d'un corps de branchages, avec des épines à la place des doigts et une barbe de feuilles hirsute. Il arrivait tout juste aux genoux de Thordric.

Thordric s'arrêta de bouger. La lampe dans sa main légèrement tremblante produisait des ombres vacillantes autour de la créature. Elle s'approcha doucement de lui, sur ses deux jambes, et se mit à renifler sa cape. Thordric fit la grimace quand elle le toucha de ses doigts pointus, et qu'elle laissa entendre un étrange piaillement qui ressemblait bizarrement à un rire. Apparemment satisfaite, elle lui adressa encore quelques gazouillis puis s'éloigna en trottinant vers les arbres. Thordric déglutit.

Il se souvint soudain du carnet qu'il tenait, et tourna furieusement les pages pour voir si la créature y était décrite. Il la trouva tout à la fin.

Senteux des sentiers (Nexus Traubus) : Créature qui se camoufle sous l'apparence d'un buisson. D'une grande douceur, mais d'un naturel très curieux. S'il vous considère comme un ami, alors il vous permettra peut-être de cueillir une feuille de sa barbe. Propriétés : guérit les maladies mortelles et ouvre les sens.

Maintenant, il savait pourquoi la forêt portait un nom aussi étrange. Il referma le carnet et se rendit compte que ses doigts étaient frigorifiés. Il faisait déjà complètement nuit, et Lizzie attendait probablement son retour. Il s'enveloppa plus chaudement dans sa cape et se mit en route vers la maison. Sur le chemin, il dut tout de même résister à la tentation de cueillir les feuilles et les fleurs des plantes sur lesquelles il tombait.

La chaleur de la demeure fut une bénédiction, et il se rendit directement à la cuisine pour se réchauffer les mains près des fourneaux. Lizzie était occupée à couper des pommes de terre et des carottes quand il entra.

Elle leva un sourcil en apercevant la légère bosse dans la poche où il avait gardé le bulbe du *nez-de-géant*. « Il me semblait t'avoir juste dit de les regarder... » lui fit-elle remarquer.

Il lui répondit avec un large sourire. « Je n'ai pas pu m'en empêcher. J'en ai trouvé plein dont je n'avais jamais entendu parler, et j'ai même rencontré un senteux.

— Tu en as croisé un ? Patrick — je veux dire, mon mari — est le seul que je connaisse qui a pu les approcher. J'en ai déjà aperçu, mais uniquement de loin.

— C'est lui qui est venu me voir, en fait. J'ai cru que mon cœur allait arrêter de battre quand il s'est transformé, raconta-t-il en s'asseyant à table.

— Oui, je me souviens que Patrick m'a dit la même chose. Il leur rendait souvent visite quand on vivait ici. Il s'était pris d'amitié pour eux. »

Le lendemain matin, le petit-déjeuner était encore plus tôt que la veille, mais cette fois, Thordric descendit l'escalier avec enthousiasme. En arrivant dans la cuisine, il vit que la table avait été poussée le long du mur, et qu'un grand chaudron décoré de mosaïques se trouvait au centre. C'était au tour de Thordric de lever ses sourcils. Lizzie lui tendit un bol de porridge avec un sourire.

« Je crois que tu es prêt à faire tes premiers pas avec les potions. Juste une simple, pour aujourd'hui, je pense. Ensuite, tu pourras continuer à t'exercer sur l'illusion pendant qu'elle macère », lui dit-elle.

Il avala rapidement une cuillerée de porridge et se brûla la langue : il avait oublié le sort d'illusion. « Et quelle... potion on va préparer ? » demanda-t-il en agitant sa main devant sa bouche.

Elle fouilla dans son tablier et en sortit un nouveau carnet qu'elle lui tendit. Tout comme l'autre, il était écrit à la main et était titré « *Potions utiles* ». Thordric faillit s'étouffer de rire, en songeant aux potions ridicules que le Conseil des mages créait à longueur d'année. Il se souvint que l'une des plus récentes permettait de rétrécir de manière temporaire les pieds des femmes, pour qu'elles puissent porter les chaussures haute couture. Sa réaction n'échappa pas à Lizzie.

« Mon mari appréciait peu le Conseil des mages, il pensait qu'ils feraient mieux d'utiliser leurs pouvoirs pour des choses plus importantes, expliqua-t-elle. Jette un œil là-dessus et vois laquelle tu voudrais essayer. Seulement celles notées comme "simples", évidemment. »

Il ouvrit le carnet. Les potions simples étaient décrites sur les dix premières pages, ce qui n'en faisait que quatre. La première aidait celui qui en buvait à dormir, la seconde guérissait — à sa grande joie

— le mal des transports, la troisième faisait disparaître le bégaiement, et la dernière protégeait contre le rhume. Il était très tenté par celle contre le mal des transports, mais il se souvint qu'il attrapait facilement des rhumes en hiver et pencha plutôt pour celle-là.

« Bon, parfait, approuva Lizzie quand il lui annonça son choix. Regarde la liste des ingrédients et tu iras les cueillir. Je te montrerai comment les préparer à ton retour. »

Il avala son porridge et se mit en route pour la forêt. En consultant le carnet, il découvrit qu'il devait rapporter trois plantes différentes. Il en avait déjà croisé deux la veille, mais n'avait encore jamais vu la troisième, décrite comme très rare. Il trouva d'abord celles qu'il connaissait déjà et ne cueillit que l'exacte quantité dont il avait besoin. Ensuite, il se balada pour chercher la dernière.

La forêt avait l'air transformée dans la lumière du matin. Les buissons avaient tous pris des couleurs différentes, allant du violet foncé jusqu'au jaune vif et au vert. Quelques-uns frémirent et il soupçonna que la plupart étaient des senteux. Certains laissaient même échapper leur étrange gazouillis alors qu'il passait à côté.

Il consulta son carnet de plantes pour voir à quoi ressemblait la nouvelle, mais plusieurs variantes étaient décrites. La note expliquait que cette plante pouvait changer d'aspect et ne révélait sa vraie forme qu'au soleil de midi. Il restait encore quelques heures avant midi, comment était-il censé la trouver avant ça ? Il leva les mains au ciel, soudain agacé, puis se laissa tomber contre un arbre et parcourut les deux carnets pour passer le temps.

Il ne lisait que depuis quelques minutes quand il entendit des reniflements. Il releva la tête et se rendit compte qu'il était cerné par les senteux. Les gouttes de rosée qui leur servaient d'yeux observaient tour à tour son visage puis les carnets qu'il tenait. L'un d'eux, de couleur bleu foncé, poussa le carnet des plantes.

« Mais qu'est-ce que tu fais ? » demanda Thordric en sursautant. La créature toucha encore le carnet, et essaya même de l'attraper. « Hé ! »

Elle le poussa une troisième fois, et les autres se joignirent à elle en insistant. Il les regarda un instant, puis décida de voir ce qu'elles voulaient. Il déposa le carnet sur le sol à leur pied. Le senteux bleu foncé l'ouvrit, tourna les pages jusqu'à celle où était décrite la plante que Thordric cherchait. Il montra Thordric du doigt, puis le dessin. « Quoi ? » demanda Thordric. La créature lui adressa un petit cri qui ressemblait à un soupir d'impatience. Puis elle s'empara du carnet des potions, le posa par terre et trouva la page de la potion contre les rhumes. Elle frappa du doigt sur les ingrédients puis sur le dessin de la plante dans l'autre carnet.

Finalement, Thordric comprit. « Vous savez ce que c'est ? » leur demanda-t-il. Les créatures hochèrent la tête. « Et vous savez où la trouver ? »

Elles hochèrent encore la tête, et se sauvèrent vers la droite en gazouillant. En se levant pour ramasser ses carnets, Thordric se prit les pieds dans sa cape et fut propulsé, tête la première, contre un arbre. Les senteux redoublèrent leurs piaillements pendant qu'il se relevait et secouait la tête pour récupérer une vision normale. Ils l'attendirent, mais dès qu'il fut en état de marcher, ils recommencèrent à gambader devant lui.

Quinze minutes plus tard, ils s'arrêtèrent devant une plante solitaire et banale. Il les rejoignit et l'examina. « Vous êtes sûrs que c'est ça ? » demanda-t-il. Le senteux bleu foncé lui donna un coup dans le tibia, puis il montra la plante du doigt. « Bon, si tu le dis. » Thordric la cueillit et la déposa dans le petit sac qui contenait les autres ingrédients. Les créatures se mirent à ronronner, et avant qu'il ait pu les remercier, elles avaient déjà pris la poudre d'escampette.

MARMITES ET POTIONS

*L*izzie lui fit étaler toutes les plantes sur la table, puis ils ouvrirent le carnet des potions à la bonne page. « Tu n'avais pas besoin de les cueillir en entier, tu sais, sermonna-t-elle Thordric pendant qu'elle parcourait les instructions.

— J'ai oublié d'emporter un couteau pour couper les parties utiles, répondit-il.

— Mmm. » Elle sépara les plantes en trois tas distincts, et lut à voix haute quels morceaux devaient être employés. Pour la première qu'il avait ramassée, on ne se servait que des racines. Elle en attrapa une et la lui tendit. « Tiens », dit-elle en lui donnant un couteau. Et elle en prit un autre pour elle-même. Thordric allait se mettre à couper, mais il reçut un coup sur la main.

« Pas si vite, petit ! Fais-le doucement, et avec précision. On doit couper les racines en morceaux de deux centimètres pour obtenir l'effet voulu. »

Il recommença en respectant ses instructions, pendant qu'elle le regardait en marmonnant ses encouragements. Puis ils passèrent à la plante suivante, dont ils prirent les feuilles pour les moudre en une fine poudre, et à la dernière dont ils n'utilisèrent que la tige. Il leur fallut du temps pour s'assurer qu'ils avaient observé toute la procédure. Et quand ils eurent fini, ils n'avaient plus qu'à ajouter les bonnes quantités dans le chaudron et attendre plusieurs heures que cela macère et épaississe.

« C'est tout ? Pas de formule magique ? demanda-t-il.

— Tu peux en dire une si tu veux, mais je ne pense pas que cela fera quoi que ce soit de plus. Les pouvoirs du mage ne sont pas toujours utiles, tu sais, expliqua-t-elle.

— Ah bon », répondit-il avec une pointe de déception.

Elle se dirigea ensuite vers ses placards et sortit les marmites sur lesquelles il avait essayé de créer une illusion. « Tu as juste assez de temps pour t'exercer encore avant le déjeuner. Ne te soucie pas de la rapidité, concentre-toi simplement sur la technique et cela viendra tout seul. »

Thordric la regarda d'un air dubitatif, mais il s'assit quand même à la table. Elle installa les marmites devant lui, et retourna vers ses fourneaux pour préparer le déjeuner. Thordric se frotta le visage, essayant de se rappeler comment il avait réussi à produire la pellicule transparente la dernière fois. Il s'empara à nouveau de la plus petite marmite et la fit tourner entre ses mains avant de la reposer.

Imaginant une enveloppe blanche, il ordonna qu'elle apparaisse. Avec lenteur, comme si elle poussait doucement, une faible blancheur se manifesta sur la surface et devint de plus en plus réelle. La sueur coulait sur ses tempes, mais il continua ses efforts et bientôt le récipient eut vraiment l'air d'être complètement blanc. Il s'arrêta un instant et avança sa main. La marmite avait toujours son aspect métallique, et l'illusion persistait. Maintenant, il n'avait plus qu'à la modeler pour lui donner l'apparence de l'usure.

Il pensa à garder l'idée d'une pellicule, mais devait lui faire prendre la forme de la marmite plutôt que de l'envelopper seulement. Il poussa l'illusion jusqu'à l'intérieur, quasiment comme si c'était une seconde peau. Ce n'était pas simple. Elle résistait à chaque touche qu'il pratiquait, et l'effort avait commencé à le faire trembler à nouveau. Sa bouche devint sèche et ses narines douloureuses, mais il était trop décidé pour s'arrêter. Avec une dernière poussée, la pellicule d'illusion s'enfonça et s'accrocha à l'intérieur et à l'extérieur de la marmite, comme il le voulait.

Avec un petit cri de joie, il se leva d'un coup de sa chaise pour la montrer à Lizzie. Mais en se retournant, il sentit la pièce vaciller autour de lui et ses jambes cédèrent sous son poids. Il se souvint d'avoir eu le temps de prendre une profonde inspiration avant de plonger dans le noir.

Il se réveilla en constatant qu'il était toujours par terre, mais il était maintenant assis contre les fourneaux, et Lizzie l'avait enveloppé dans une couverture. Il allait l'enlever et se lever, mais il reçut un brusque coup sur le coin des oreilles. « Ne bouge pas, petit ! ordonna Lizzie en brandissant son rouleau à pâtisserie au-dessus de sa tête.

— Mais...

— Fais ce que je dis, et ne discute pas. Tu as forcé la dose, avec ce sort d'illusion, et tu dois rester allongé pendant quelque temps. J'ai voulu t'emmener dans ta chambre. Mais pour un maigrichon, tu pèses quand même lourd, lança-t-elle en retournant à ses fourneaux pour remuer l'une des casseroles.

— Je n'ai fait que trembler un peu...

— Et puis tu t'es évanoui. Tu y vas trop fort, je t'ai dit de prendre ton temps avec ce sort. Si tu avais été formé à l'école du Conseil comme tous les mages, alors tu n'en aurais jamais entendu parler avant d'avoir eu dix-huit ans.

— Mais... hein ? Vous avez dit qu'ils commençaient leur apprentissage dès leur enfance. Ça leur prend autant de temps pour arriver à la magie avancée ?

— Absolument. C'est pour ça qu'aucun membre du Conseil des mages n'a moins de trente ans, leur éducation dure vraiment longtemps. Depuis que tu me connais, en quelques jours, tu as appris autant de magie qu'eux en trois ans.

— Ils apprennent sûrement aussi vite que moi, non ?

— Non, mon garçon. Comme je l'ai déjà dit, tu as des talents incroyables en magie. En fait, encore plus incroyables que ce que je pensais. »

Thordric sentit sa tête bourdonner après tout ce qu'il venait d'entendre, et avec un grand sourire, il s'évanouit une nouvelle fois.

« Petit ? Mon garçon, réveille-toi, le déjeuner est prêt. »

Thordric ouvrit les yeux lentement et bâilla. Le chaudron au centre de la pièce produisait un bouillonnement mélodieux. Alléché par l'odeur du repas que Lizzie avait préparé, il se leva péniblement en se tenant au mur et tituba jusqu'à la table. Elle avait été nettoyée depuis qu'ils avaient coupé les plantes, et les quelques morceaux de racines et de feuilles avaient été remplacés par de grandes assiettes de nourritures fumantes. Au milieu se trouvait du pain tout juste sorti du four, et sa bouche s'ouvrit quand le parfum lui arriva aux narines.

« Mange bien, mon garçon, l'encouragea Lizzie en s'asseyant au bout de la table. Tu dois reprendre des forces. »

Thordric n'hésita pas un instant. Après avoir rempli son assiette, il commença à engloutir de bons morceaux de viande et des tas de légumes et de pommes de terre. Il se sentait mieux après chaque bouchée, et quand il eut fini, il annonça qu'il pouvait reprendre le sort d'illusion. En guise de réponse, Lizzie lui envoya une pomme particulièrement grosse à la tête.

« Même si tu te sens suffisamment en forme pour courir jusqu'à la lune, ça ne change rien. Tu as assez travaillé sur ce sort pour aujourd'hui. Tu pourras réessayer demain. Pour l'instant, tu dois terminer ta potion, décréta-t-elle.

— Je pensais que c'était fini ? dit-il en montrant le chaudron bouillonnant avec une moue.

— Si c'est ce que tu crois, alors tu n'as pas bien lu les instructions. Il va falloir la passer au tamis et ensuite mélanger pendant trois heures.

— Pendant trois *heures* ?

— Oui, petit. Et tu ferais mieux de t'y mettre maintenant. Tu dois d'abord préparer un filtre. Mon mari avait l'habitude de tresser ensemble les roseaux qui poussent juste en bordure de la forêt. Il leur donnait la forme d'un couvercle qu'il pouvait ajuster au chaudron. Comme ça, quand tu verses la potion, les morceaux inutiles restent dedans.

— Combien de temps ça va prendre ? » demanda-t-il. Mais il décampa quand il la vit attraper une autre pomme et viser sa tête.

Il n'eut pas trop de mal à trouver les roseaux, puisqu'ils poussaient sur le côté de la maison. Il en coupa quelques brassées, en fronçant le nez à cause de l'odeur sucrée qui s'en dégageait, et il les rapporta à l'intérieur. Lizzie l'emmena dans une autre pièce, plus loin vers le hall d'entrée, avec un établi et une cheminée où flambait un grand feu.

Il s'assit, se mit à retirer toutes les feuilles des roseaux, et les étala ensuite à côté de lui. Sa mère lui avait montré comment faire, il y a quelques années, quand elle lui avait demandé de l'aider à réparer quelques paniers. La tâche était donc facile. Il tressait chaque lamelle en s'assurant qu'elle tenait correctement, puis en ajoutait une autre. Cela lui prit quelques heures pour fabriquer un couvercle complet dont il était satisfait. Et quand il eut terminé, il revint à la cuisine pour le faire voir à Lizzie.

Cette fois, le visage de cette dernière trahit sa surprise, et elle le posa sur le chaudron pour vérifier qu'il était à la bonne taille. Il était parfait. « Tu as fait un excellent travail, mon garçon », le félicita-t-elle. Puis elle plongea dans l'un de ses vastes placards pour en sortir l'un des plus grands pots qu'il ait jamais vus. « Maintenant, tu dois maintenir ça en place tout en versant le contenu du chaudron. » Elle poussa le pot à côté du chaudron, et mima le fait de verser la potion pour voir s'il était disposé suffisamment près. Satisfaite, elle lui fit signe de commencer.

Il ne demanda pas s'il était censé utiliser ses pouvoirs : il la connaissait assez bien pour savoir qu'elle lui enfoncerait probablement une pomme dans les narines s'il posait la question. La meilleure façon de faire, décida-t-il, était de fixer par magie le couvercle de roseaux sur le chaudron et puis de faire basculer celui-ci physiquement. Apparemment, c'était ce qu'elle voulait puisqu'elle ne protesta pas, et bientôt la potion fut entièrement filtrée dans le pot. Il lâcha le chaudron et décolla le couvercle pour voir à l'intérieur. Là, il comprit pourquoi c'était nécessaire : il était plein de morceaux de plantes. Il avait juste supposé qu'une fois macérés, ils auraient formé une sorte de liquide visqueux. À aucun moment, il n'avait pensé que la potion avait besoin d'autre chose que l'essentiel. Et avec un petit rire, il remarqua même que cela lui rappelait l'infusion du thé.

« Bon, je commence à remuer pendant que tu vas vider toute cette mélasse à l'extérieur », dit-elle en attrapant une louche.

Il lança un regard noir au chaudron, sachant que le seul moyen de le transporter dehors par la porte d'entrée, c'était de le soulever avec ses pouvoirs. Frappant des mains, il lui ordonna de flotter dans les airs. Après quelques roulements plaintifs sur le sol, le chaudron décolla et s'envola par-dessus la tête de Lizzie, puis Thordric le suivit en direction du hall.

Lorsqu'il revint, elle lui demanda de le laver, puis de continuer à remuer la potion à sa place. Il restait encore deux heures et demie.

Pour se distraire, et oublier les douleurs dans ses bras, il décida de réarranger la cuisine par magie. Lizzie se trouvait à l'autre bout de la maison, où elle s'occupait de la lessive, donc il savait qu'il ne craignait rien.

Il commença par les herbes qui pendaient au plafond, le long de la poutre. Il les classa par la couleur de leurs fleurs en suivant l'arc-en-ciel : du bleu foncé au jaune vif. Il eut du mal avec l'une d'entre elles en particulier. Elle changeait de couleur en fonction de la façon dont il la regardait. Alors il finit par la placer tout au bout de la rangée où elle avait bel et bien un air pitoyable.

Il continua ensuite en peignant des motifs sur les placards : des lunes, des étoiles, des tourbillons — et le mur du fond avait vraiment besoin d'une fresque. Se demandant ce qu'il allait représenter, il se mit à remuer la potion dans l'autre sens pour soulager ses muscles. Il repensa au senteux et à la façon dont ils l'avaient aidé, et il sut alors quoi dessiner.

Débutant par l'arrière-plan de la forêt, il superposa les couches d'arbres et de buissons. Il était plus simple d'utiliser la peinture de son esprit. Comme ça, il n'avait pas besoin de penser à choisir les bonnes couleurs — elles venaient directement de ses souvenirs. C'était amusant. Tellement amusant qu'il n'entendit ni les pas derrière lui ni le raclement de gorge de Lizzie pendant qu'elle l'observait. Il poursuivit en se peignant lui-même, allongé contre l'arbre, ainsi que le senteux bleu foncé qui montrait le carnet du doigt, entouré par tous les autres. Quand il eut terminé, il signa la fresque dans le bas. Il recula un peu, tout en continuant à mélanger la potion par magie, et se heurta à Lizzie.

« Coucou », se manifesta-t-elle doucement.

Il ravala sa salive. « J'étais juste...

— En train de t'amuser ? » proposa-t-elle. Il se dandinait, mal à l'aise, incapable de savoir ce qu'elle pensait. Elle s'avança vers la fresque, jetant un œil aux herbes et aux placards en passant, et posa sa main sur le mur. La peinture avait déjà séché. « Ce sont les senteux, n'est-ce pas ?

— Oui, ils m'ont aidé à trouver l'une des plantes ce matin, expliqua-t-il en remuant à nouveau la potion à la main pour cacher sa nervosité.

— Je ne pensais pas qu'ils étaient si colorés. Magnifique, murmura-t-elle. C'est du beau travail, mon garçon. Je crois que je vais la garder.

— Vraiment ?

— Oui, mon mari aurait également aimé ça. » Elle jeta un œil à l'horloge murale. « Ça devrait suffire, dit-elle en montrant la potion d'un signe de tête. On va pouvoir en boire. »

Thordric baissa son regard vers le pot, et trouva en effet qu'elle avait l'air prête. Alors qu'elle était d'un vert pâle transparent quand il l'avait filtrée, elle était maintenant d'un vert éclatant, presque fluorescent. Avec gratitude, il arrêta de remuer et recula pour la laisser remplir deux verres.

« As-tu déjà pris une potion digne de ce nom, mon garçon ?

— Non, jamais. Maman ne me le permet pas.

— Eh bien, je te conseille de te boucher le nez et de la boire le plus vite possible. Aussi efficaces que soient les potions de mon mari, elles ont vraiment mauvais goût. À ta santé ! » dit-elle en faisant trinquer leurs verres.

Il suivit ses suggestions, mais la potion était si forte que le goût persistait sur sa langue. C'était comme boire de l'eau de vaisselle, mélangée avec du lait tourné et des chaussettes sales depuis des semaines. Il faillit vomir. Lizzie elle-même était devenue un peu plus pâle, mais elle récupéra vite. « Je crois que je vais préparer du thé, et nous mangerons peut-être aussi du gâteau », annonça-t-elle d'une voix épaisse.

Thordric ne put parler, alors il hocha simplement la tête. Il se sentit bizarre, et pendant un instant, ses jambes flageolèrent. Et puis cela passa, et il fut dans une telle forme qu'il aurait pu faire la roue tout autour de la pièce. « Ouah ! C'est vraiment fort. Et comment sait-on si ça marche ? demanda-t-il.

— C'est simple. On ne devrait pas avoir de rhumes pendant au moins six mois, même en passant du temps dehors dans le froid ou avec des gens qui sont déjà enrhumés. »

VOYAGE HORS DU CORPS

Thordric frissonnait, debout au milieu du jardin qui aurait pu accueillir une deuxième maison de la même taille. Pour se réchauffer, il tapait des pieds, ce qui produisait un bruit sourd sur la neige qui était tombée la nuit précédente.

Même si c'était le milieu de la matinée, il n'était pas réveillé depuis longtemps. Lizzie avait préféré qu'il se repose suffisamment avant cette nouvelle tâche. À quelques pas devant lui, elle était en train d'assembler ce qui ressemblait à un gros tronc d'arbre avec des branches étranges. Ce n'est que quand elle recula qu'il devina ce que c'était vraiment : un bonhomme en bois, presque aussi haut que lui, avec des bras et des jambes.

« Qu'est-ce que c'est ? » lui cria-t-il pour se faire entendre malgré le vent. D'un signe de la main, elle le fit taire. Elle ajusta encore quelques branches, puis le rejoignit. « Qu'est-ce que c'est ? » répéta-t-il quand elle fut à portée de voix.

Elle baissa l'écharpe qui lui couvrait la bouche. « Une cible.

— Une cible ? Pour quoi faire ? » demanda-t-il. Ne sentant plus ses oreilles à cause du froid, il rabattit la capuche de sa cape sur sa tête. Mais le vent la repoussa en arrière. Au moins, la potion semblait faire son effet : il n'avait pas l'air de tomber malade.

« C'est pour toi. Tu vois que je lui ai donné la forme d'une personne.

— Oui... Et alors ?

— Alors je veux que tu fasses bouger ce bonhomme comme si c'en était vraiment une », annonça-t-elle. Il la regarda bouche bée, trouvant sa suggestion tout aussi ridicule que si elle avait proclamé qu'elle pouvait pratiquer la magie. Tout le monde savait que c'était absurde. Les mages étaient toujours des hommes, et c'était également le cas pour les demi-mages, même si personne ne comprenait pourquoi. À sa connaissance, dans toute l'histoire, on n'avait jamais entendu parler d'une femme avec des pouvoirs magiques.

« Je dois le faire marcher ? Vous croyez que c'est possible ? »

Elle le regarda en levant un sourcil. Il ne chercha pas à discuter. « Je vais essayer, s'inclina-t-il.

— Magnifique ! se réjouit-elle avant de disparaître dans la maison.

— Comment est-ce que je suis supposé te faire bouger ? » demanda-t-il au bonhomme en bois. Comme il s'y attendait, il ne reçut aucune réponse. Il s'efforça de lui remuer un bras de la même façon qu'il avait soulevé la hache. Cela fonctionnait, mais le mouvement paraissait trop raide. Et quoi qu'il en soit, comment pouvait-il faire bouger tous les membres en même temps ? Il devait trouver autre chose.

Il tira sur le mannequin en espérant qu'il commencerait à avancer de son propre gré. Mais la seule chose qu'il obtint, c'est que le bonhomme s'écroule dans un grand tas de neige.

Thordric se mit à jurer.

Un instant plus tard, il entendit frapper à la fenêtre derrière lui. Il se retourna pour voir Lizzie qui l'observait en secouant la tête. Elle ouvrit la porte du jardin. « Ce genre de langage est absolument inutile, petit. Vas-y doucement et sers-toi de tes neurones. Ça viendra tout seul », le gronda-t-elle. Et elle rentra.

Résigné, il s'avança jusqu'au mannequin et déblaya la neige dans laquelle il se trouvait enfoui. Cela lui donna l'impression d'avoir les doigts mangés par une bête atrocement sauvage. Une fois dégagé, il utilisa ses pouvoirs pour le remettre dans sa position originale. Puis, reculant de quelques pas, il examina sa tête et son torse grossièrement formés. Peut-être que l'astuce, c'était d'imaginer que c'était *vraiment* un homme.

Il lui peignit un visage, ajouta des cheveux et une barbe, puis rapporta un manteau qui ne servait à rien pour le passer sur ses épaules. Revenant à sa place en traînant des pieds, il se retourna et toisa le mannequin de cette distance. Il avait l'air plus convaincant. Thordric se mit alors à imaginer que c'était un visiteur amical qui s'avançait gentiment vers lui dans la neige, et il lui en intima l'ordre. Il ne bougea pas pour autant.

Thordric donna un coup de pied dans un caillou, le balançant jusque dans un bosquet. « J'étais pourtant sûr que ça marcherait ! Gâteaux au caramel pourris ! jura-t-il poliment, au cas où Lizzie l'aurait encore surveillé. Bon, qu'est-ce que je vais faire de toi ?

— Rien. Ça suffira pour aujourd'hui, l'interrompit Lizzie, juste derrière lui. Rentre et viens travailler sur le sort d'illusion. »

Il la suivit à l'intérieur, ne voulant pas rester plus longtemps dehors avec le mannequin. S'il avait échoué une autre fois, il aurait utilisé sur lui ses talents de coupeur de bois.

Alors que Lizzie était en train de lui sortir les casseroles et les marmites, il se réchauffa près des fourneaux et put bientôt à nouveau sentir ses doigts. Il décida d'enlever ses godillots pour que ses pieds en profitent également. Le soulagement se répandit dans tout son corps à mesure qu'ils dégelaient. Un vrai bonheur !

« Allez, viens ici, mon garçon. Montre-moi ce que tu peux faire avec ça aujourd'hui », demanda-t-elle en lui tirant sa chaise. Il s'assit en la remerciant. Et il fut surpris de la voir s'installer à côté de lui. « Je ferais mieux de rester avec toi pour te surveiller, juste au cas où tu forcerais trop. »

Il haussa les épaules et se mit au travail. Il attrapa la petite marmite, promena sa main dessus comme s'il la recouvrait d'une enveloppe, et fit en sorte que cela arrive en même temps. Il vit un sourire furtif passer sur le visage de Lizzie au moment où la pellicule apparut en suivant son geste sur la surface du récipient.

Comme le jour précédent, il l'ajusta exactement à la forme de la marmite, et nota que l'opération lui semblait plus facile maintenant. Évidemment, ce n'était pas l'aspect que Lizzie lui avait demandé. Elle voulait qu'elles aient l'air cabossées et en mauvais état, et pour cela, il devrait vraiment utiliser son imagination.

L'enveloppe blanche disparut quand il la fit devenir quasiment transparente. Il lui garda juste assez de couleur pour vérifier qu'elle se trouvait toujours là. Ensuite, comme s'il dessinait, il se mit à décorer la marmite avec des ombres et tira sur la pellicule pour y faire une bosse. Il transpirait de nouveau. Mais comme Lizzie ne disait rien, il continua. De plus en plus de détails apparurent et il ajoutait tout ce dont il se souvenait des récipients qu'il avait dû réparer. Il essaya d'obtenir un bon effet en travaillant avec l'éclairage, mais il recommença à trembler.

« Mon garçon, tu devrais arrêter maintenant », suggéra Lizzie. Mais il ne l'entendit pas. Il savait qu'il pouvait y arriver, et qu'il pouvait le faire correctement. Il fit donc appel à tous les pouvoirs dont il disposait. Sa respiration devint faible et laborieuse, mais il y était presque. Juste encore quelques détails...

Il s'effondra sur sa chaise et, à bout de forces, montra la marmite à Lizzie pour qu'elle puisse l'inspecter. « Tu as réussi, dit-elle tout bas. Tu as vraiment réussi. »

Elle reposa la marmite sur la table et se leva. À la grande surprise de Thordric, l'illusion se maintenait en place. Il ne savait cependant pas s'il utilisait encore ses pouvoirs pour la garder ainsi. Lorsqu'elle revint un instant plus tard, elle portait un large plateau chargé de thé et de biscuits. Il piocha dedans goulûment et le sucre lui redonna immédiatement des forces.

« Repose-toi le reste de la journée, dit-elle en lui tendant d'autres gâteaux.

— C'est vrai ? Merci b... » Il s'arrêta net, le biscuit en suspens devant sa bouche.

« Mon garçon ? Qu'y a-t-il ?

— Je viens d'avoir une idée. Le bonhomme dehors, vous m'avez demandé de le faire bouger comme une personne.

— C'est ça, confirma-t-elle avec un hochement de tête.

— Eh bien, je me souviens d'être allé à un spectacle de marionnettes une fois. Le montreur portait un petit garçon en bois, et il le faisait remuer comme s'il était vrai », expliqua-t-il. Il la vit sourire. « Du coup, je pourrais faire la même chose.

— Est-ce que tu vas essayer ? demanda-t-elle.

— Oui. Oui, j'imagine. » Il finit son thé, enfila ses godillots et sa cape puis disparut par la porte.

Dehors, le bonhomme en bois se trouvait toujours là où il l'avait laissé. La seule différence, c'était la quantité de neige qui s'était entassée tout autour. Il le dégagea juste avec une rapide pensée, et s'émerveilla du fait que la pratique régulière lui rendait ces choses plus faciles.

« Bon, à nous deux ! interpella-t-il le mannequin. Tu vas te mettre à bouger, et tu vas le faire convenablement ! »

Des cordes apparurent, reliées à sa tête et à ses membres, juste comme Thordric l'avait vu au théâtre de marionnettes. Il tira dessus, en vérifiant qu'elles étaient bien attachées, et il essaya de diriger le bonhomme. D'abord, il bougea une jambe, puis l'autre, en balançant le bras opposé pour garder l'équilibre. Ça fonctionnait ! Il lui fit tourner le visage, comme s'il regardait autour, et le fit marcher encore quelques pas en avant.

« Je ne veux pas te décevoir, observa Lizzie qui venait d'arriver à ses côtés. Mais il ne remue toujours pas comme une personne. On *dirait seulement* une marionnette. »

Il perdit courage. Elle avait raison, bien sûr. Même s'il avait réussi à le faire bouger, ça n'était pas du tout convaincant. Il devait trouver un moyen de lui faire plier les genoux, et il n'y avait aucune sensation de poids dans ces mouvements. Mais il était à court d'idées.

« Tu peux y penser pendant le reste de la journée. Tu n'es pas loin, mon garçon. Je ne crois pas que cela te prendra longtemps pour arriver à la solution.

— J'espère », souffla-t-il alors qu'ils rentraient dans la maison.

Cette nuit-là, ses rêves s'enchaînèrent sans aucune logique. Il passait de lieu en lieu, et croisait des visages qu'il avait l'impression de connaître, mais pas vraiment. Il vit la marionnette s'avancer vers un océan de marmites cabossées. Et puis elle prit l'apparence du cadavre de Kalljard, qui prononçait des paroles incohérentes à côté de lui. Il se retrouva aussi cerné par les gazouillis des senteux qui le montraient du doigt et faisaient une ronde sans fin, sans fin, sans fin…

Il était en nage quand il se réveilla, et ses muscles tremblaient. Ça n'était même pas encore l'heure où Lizzie venait frapper à sa porte, mais il avait les yeux grands ouverts. Voulant se débarrasser de ses vêtements de nuit trempés, il fit couler un bain et, sans s'en rendre compte, fit chauffer l'eau dès qu'elle sortait du robinet. Il se déshabilla ensuite et entra dans la baignoire, laissant la chaleur l'envelopper comme une couverture.

Ses pensées se dirigèrent alors vers le commissariat, et il se demanda subitement comment se passait l'enquête en son absence. Il se sentit un peu coupable d'avoir oublié tout ça jusque-là. Est-ce que l'inspecteur avait déjà interrogé quelqu'un ? Maître Raan était leur principal suspect, il le savait, et si quelqu'un avait été arrêté, ce serait probablement lui. Toutefois, Thordric n'arrivait pas à imaginer qu'il puisse avoir participé au crime. Ses pouvoirs ne devaient pas être aussi puissants, puisque seuls les mages de moindre magie s'occupaient des corvées ou des tâches domestiques. Non, le meurtrier de Kalljard devait être un mage haut placé, quelqu'un qui se trouvait régulièrement en contact avec lui. Malheureusement, la liste était longue.

Thordric soupira et s'enfonça dans son bain. Il lui restait encore quelques jours ici, et lorsqu'il rentrerait, la résolution de cette affaire reposerait sur ses épaules. S'il échouait, l'inspecteur ne serait guère satisfait. Il devait découvrir la façon de faire bouger le bonhomme en bois de manière convaincante. Il ne voyait pas comment ça pourrait servir à son enquête, mais il voulait bien croire que Lizzie ne lui apprenait que la magie qu'elle pensait utile. Il y arriverait ce jour-là. Il y arriverait, s'il pouvait en trouver le moyen.

« Mon garçon ? Le petit-déjeuner est prêt », l'appela Lizzie.

Il sortit du bain en éclaboussant toute la pièce, et se sécha rapidement avec l'une des serviettes roses moelleuses qu'elle lui avait apportées. Après avoir enfilé des vêtements, il se rendit en bas et longea le couloir jusqu'à la cuisine.

« Est-ce que tout va bien ? s'inquiéta-t-elle en lui tendant une assiette de tartines beurrées.

— Je... Tout va bien. J'ai juste fait des cauchemars. » Il engloutit une tartine, et la fit descendre avec le thé qu'elle avait posé à côté de lui.

« Est-ce que ça t'a donné des idées ? demanda-t-elle.

— Qu'est-ce que vous voulez dire ? C'était plutôt la pagaille. Quand je me suis réveillé, j'ai cru que ma tête allait exploser. »

Elle rit. « Parfois, quand les mages rêvent, cela les aide à prendre conscience de certaines choses, ou à les comprendre. Mon mari apprenait beaucoup de ses rêves.

— Alors il avait de la chance. Parce que ça ne m'a rien appris, j'ai juste eu des frissons. »

Thordric regagna le jardin après avoir mangé. La neige avait tout recouvert pendant la nuit précédente, et elle tombait toujours lorsqu'il sortit. Il souffla sur le bonhomme en bois pour le déblayer et commença à réfléchir à de nouveaux moyens de le faire bouger. Il n'était pas loin de la solution avec son idée de marionnette, avait-elle dit. Et si c'étaient les cordes qui l'empêchaient d'y arriver ? Il y avait *d'autres façons* de les manipuler, il le savait. Par exemple, il y avait celles qu'on enfilait comme des gants, où le montreur avait l'air de passer sa main dans le derrière de la figurine. Mais il n'avait pas vraiment envie de faire ça, même avec une main magique.

Il envoya un coup de pied dans la neige puis commença à dessiner des motifs tout en rêvassant. Au bout d'un moment, il s'approcha du bonhomme pour l'examiner à nouveau. Il se mit à rire : le manteau qui le couvrait avait complètement congelé pendant la nuit, tout comme ses cheveux et sa barbe qui étaient parsemés de glaçons. Il avança sa main pour les faire fondre, mais en touchant le mannequin, il eut l'impression curieuse d'être absorbé par le bois. Il la retira vivement en se demandant si c'était un phénomène qu'il ne connaissait pas encore, mais la sensation disparut aussitôt. En la replaçant doucement, il sentit à nouveau qu'il était aspiré. C'était comme si le bonhomme voulait l'engloutir.

Une idée folle le frappa alors si fort qu'elle balaya toutes celles qui semblaient plus sérieuses. *C'était vraiment possible ?* Il imagina Lizzie à côté de lui, prête à lui donner un coup de rouleau à pâtisserie pour avoir posé une question bête. Il n'y avait qu'un seul moyen de le savoir : c'était d'essayer.

Il appuya sa main sur le mannequin en utilisant ses pouvoirs. Il sentit son esprit s'enfoncer dans le bois, aussi doucement que dans du beurre, et tout d'un coup, il vit les choses sous un angle différent. Le bonhomme n'avait pas d'yeux et, de toute évidence, Thordric ne pouvait pas regarder à travers eux. Il avait plutôt l'impression de flotter légèrement au-dessus de lui, et pouvait observer son propre corps connecté à la tête du mannequin. Il essaya de bouger, mais ses membres restèrent immobiles. Par contre, ceux du bonhomme en bois remuèrent.

Il agita ses bras, puis ses jambes, le tout en accord avec sa volonté. Maintenant, il comprenait ce que Lizzie avait voulu dire. Il avait été près de réussir, mais il y avait réfléchi sous un mauvais angle. Il avait essayé d'utiliser des outils pour le mettre en mouvement, alors qu'il suffisait de le faire de l'intérieur.

Avec un sourire qui ne pouvait apparaître sur le visage du bonhomme en bois, il lui ordonna de se lever et de marcher vers la maison. Là, il lui fit ouvrir la porte pour entrer. C'était étrange de tout voir sous ce nouveau point de vue, et il comprit beaucoup de choses d'une manière différente.

Se dirigeant vers la cuisine, où il savait que Lizzie se trouverait, il poussa la porte et s'avança vers elle. Comme d'habitude, elle lui parla sans se retourner. Il fit glisser le bonhomme en bois jusque derrière elle avec le moins de bruit possible, tout en tenant son corps.

« Alors, as-tu compris comment faire, mon garçon ? demanda-t-elle. Je ne t'ai pas entendu dire de gros mots, donc je suppose que... » Elle se tourna et poussa un hurlement. Il se mit à rire si fort que cela secoua le bonhomme en bois.

UN TRISTE PASSÉ

« *P*etit ! Ne me fais plus jamais une telle frayeur ! s'écria Lizzie en trouvant refuge sur une chaise. Je ne suis plus si jeune que ça. »

Thordric tenta de s'excuser, mais comme il se trouvait toujours dans la carcasse du bonhomme en bois, aucun son ne sortit. Il retira doucement son esprit pour le replacer dans son propre corps. C'était une sensation vraiment étrange que de passer du bois rugueux à la chaleur de sa chair. Le bonhomme s'effondra sur le sol avec un bruit sourd, et Thordric avait retrouvé son corps. Il était gelé, et dut faire un peu d'exercice pour éliminer toutes les crampes qu'il avait dans le cou et dans le dos.

« C'est du bon travail, mon garçon. Mon Patrick, ça lui a pris quasiment trois semaines pour trouver la solution. Et il a même failli faire une crise de panique au moment de revenir dans son corps. »

Thordric sourit. « Alors, qu'est-ce que je dois encore étudier ? l'interrogea-t-il en s'asseyant près d'elle.

— Il te reste beaucoup de choses à apprendre. Mais pour l'enquête, je pense que c'est tout ce que tu as besoin de connaître.

— Mais rien de tout ça n'a l'air utile. Je sais que vous dites que si, mais je ne vois pas comment.

— Quand tu seras de retour en ville, cela prendra tout son sens. Souviens-toi qu'avec ces exercices, non seulement tu as appris la façon de faire de la magie, mais tu as aussi appris à reconnaître quand quelqu'un d'autre la pratique. »

Il la regardait alors qu'elle essuyait distraitement des taches sur la table. Il hésita. « Lizzie ?

— Qu'y a-t-il, mon garçon ?

— Vous croyez vraiment que je peux résoudre cette affaire ?

— Oui, je le crois. Tu as l'esprit vif, et tu es très doué pour repérer les petits détails. Tu trouveras l'auteur du crime, et tu n'auras même pas besoin de lui demander comment il l'a commis. » Elle se leva et alla jusqu'aux placards, sortant des marmites et des casseroles. Elle vit l'expression sur son visage et s'esclaffa. « Pas de panique, mon garçon ! Tu dois te reposer après tous ces efforts. Ce n'est pas pour te faire pratiquer quoi que ce soit, je veux juste préparer le déjeuner. »

Il souffla doucement. « Qu'est-ce que je peux faire alors ?

— Il y a deux possibilités. Ou bien tu commences à concocter cette potion contre le mal des transports, ou bien tu m'aides à faire la cuisine. Je préférerais quand même la première solution. Je n'aime pas qu'on soit dans mes jambes quand je travaille. »

Thordric quitta la pièce rapidement en oubliant ses carnets et il dut retourner les chercher. Et puis il se souvint qu'il n'avait pas mis le chaudron en place, alors il rebroussa chemin une nouvelle fois. Il dut aussi pousser la table contre le mur, ce qui voulait dire qu'il devait déranger Lizzie pendant qu'elle coupait des légumes. Finalement prêt, il sortit en vitesse pour aller dans les bois.

En marchant le long de la maison, il se souvint de la porte devant laquelle il avait découvert le *nez-de-géant*. Il décida de revenir sur ses pas et de trouver un chemin depuis l'intérieur. Il se doutait qu'il fallait sûrement suivre un couloir qu'il n'avait encore jamais emprunté. Alors, au risque d'interrompre Lizzie une nouvelle fois, il alla lui demander si elle avait un plan du bâtiment.

« Quelle porte ? Les seules que je connaisse, ce sont celles de l'entrée et du jardin. Au bout de la maison, ça ne me dit rien », dit-elle en posant la louche qu'elle tenait sur sa joue. Elle avait oublié qu'elle était brûlante et la retira vivement pour se concentrer sur le repas.

« Bah, elle est là-bas. Presque aussi grande que la porte d'entrée, mais plutôt de couleur rouge. Et elle est complètement rouillée. »

Lizzie se tourna vers lui. À se tenir si près des fourneaux, son visage était devenu écarlate et son chignon commençait à se défaire. « Je ne me souviens pas vraiment quelles pièces se trouvent dans ce coin-là. Ça fait si longtemps que je n'y suis pas allée...

— Est-ce que vous avez un *plan* de la maison ?

— Non, je... Ah ! Attends. » Elle reposa la louche dans la marmite et sortit de la cuisine. Thordric se demanda s'il devait continuer à remuer le ragoût qui mijotait ou à surveiller la tarte qu'il pouvait sentir dans le four, mais il n'osa pas. Il se tint seulement près des fourneaux, veillant à ce que rien ne déborde des casseroles.

Il resta là au moins un quart d'heure quand il l'entendit appeler en criant de l'autre bout du couloir. Il partit à sa recherche et la rejoignit dans la pièce où il avait tressé le couvercle pour le chaudron. Elle était occupée à trier de grandes feuilles de papier sur le bureau. Il se mit à tousser en respirant l'épaisse poussière qui flottait dans les airs.

« Viens par ici, petit, et déroule les autres pour moi », lui demanda-t-elle. Il s'approcha du bureau et attrapa le premier rouleau qu'il trouva. Tout comme la poussière, une forte odeur de moisissure remonta jusqu'à ses narines. Il dénoua le ruban de soie du document et l'étala sur la table. L'encre s'était un peu effacée, mais elle laissait apparaître la carte d'une forêt. D'abord, il crut que c'était celle des Senteux, mais il y avait un nom écrit tout en haut : *Forêt de Teroosa*.

« Je pensais que vous cherchiez le plan de la maison ? fit-il remarquer en dépliant un autre rouleau représentant encore une forêt.

— Pas un plan, mais les dessins techniques. Patrick a lui-même construit la maison. Donc on devrait les trouver quelque part ici.

— Pourquoi y a-t-il autant de cartes de forêts ? s'étonna-t-il alors qu'il en déroulait une troisième.

— Tout ça, c'est à Patrick. Quand il écrivait son livre sur les plantes, il a voyagé dans toutes les forêts du pays. Et pour se souvenir plus facilement des endroits où poussait chacune d'elles, il a dessiné des cartes.

— Oh ! s'exclama-t-il en dépliant un autre document. Regardez ! Celui-ci est différent. J'ai l'impression que c'est ça. Vous voyez ? On dirait la porte d'entrée ici. Et il y a aussi la cuisine. » Il montra les pièces du doigt.

« C'est ça ! Je savais qu'il était dans le coin. Fais-moi voir. » Elle s'arrangea pour le pousser un peu et étala le plan sur la table. Elle passa ses doigts dessus, en marmonnant à voix basse. « Tu penses que la porte est ici ? demanda-t-elle en tapant sur le bout de la maison.

— Oui, c'est exactement là qu'elle se trouve.

— Mmm. Peut-être qu'elle a été ajoutée après qu'il a fini tous ces plans. En tout cas, on ne la voit pas ici. » Elle lui tendit les dessins. « Tiens. »

Thordric le prit et s'engagea dans le couloir. En passant devant la cuisine, il remarqua de la fumée sous la porte. Du coup, il se dépêcha d'aller dans l'autre direction avant que Lizzie ne le réprimande pour l'avoir distraite.

Le plan le conduisit jusqu'à l'escalier qui menait à sa chambre, mais il continua tout droit. Il faisait noir dans ce coin-là, bien trop noir pour avancer sans se cogner dans quelque chose. Il tâtonna sur le mur pour trouver les globes d'éclairage et les secoua. La soudaine clarté l'éblouit, et il tituba en avant, tout en clignant des yeux.

Quand son regard fut habitué, il consulta à nouveau la carte. Dans le noir, il avait dépassé le tournant qu'il fallait prendre et dut revenir sur ses pas. Préparé à affronter la lumière cette fois, il alluma d'autres globes et continua le long du couloir jusqu'à sa fin. Les dessins de la maison montraient d'autres virages vers la pièce où devait se situer la porte. Il les suivit tout en ayant cependant l'impression qu'il se trompait. Quelque chose dans le bâtiment perturbait son sens de l'orientation, et ça n'était pas seulement les détours sans fin.

Il allait retourner vers le couloir qui lui semblait mener au bon endroit quand il entra dans une grande salle sans porte. Il jeta un œil au plan. Cette pièce aurait dû donner sur la sortie, mais il n'y avait qu'un placard encastré dans le mur là où il s'attendait à voir une porte. Fouillant du regard le reste de la pièce, il constata que les parois étaient garnies de bibliothèques, comme dans les appartements de Kalljard, sauf qu'ici elles étaient toutes vides. Au centre, se trouvaient aussi un bureau et un fauteuil en cuir, mais rien d'autre. Tout était couvert d'une épaisse couche de poussière, et les toiles d'araignée pendaient tout autour de lui. Il n'était pas étonnant que Lizzie ne se souvienne pas de cette pièce.

Juste pour en avoir le cœur net, il avança jusqu'au placard et frappa contre le mur du fond, au cas où il aurait été faux. Ça n'était pas le cas, il était construit en pierres solides. Il essaya avec les cloisons de chaque côté, et partout où il pouvait accéder au mur. Il n'y avait vraiment aucune porte ici.

Ayant perdu courage, il reprit le long chemin vers la partie de la maison qu'il connaissait, et remit les plans avec tous les autres. Évitant toujours Lizzie, il griffonna une note rapide à son intention et la glissa sous la porte de la cuisine avant de sortir dans le jardin.

Il avait l'intention de récolter les ingrédients pour la potion contre le mal des transports, mais la curiosité l'emporta. Dans l'air glacé et dans la neige qui lui arrivait aux chevilles, il longea le bâtiment pour retrouver la porte rouge. Elle était bien située là, balayant ainsi ses doutes sur le fait qu'elle pouvait être le fruit de son imagination. Il l'examina de près cette fois, et réalisa que la couleur rouge n'était en fait que de la rouille. Elle n'avait pas seulement rongé les gonds, comme il l'avait d'abord cru.

Il tendit la main pour la toucher, mais s'arrêta à quelques centimètres devant elle. Quelque chose n'allait pas. Une étrange sensation picotait ses doigts et les réchauffait. De forts soupçons grandirent dans son esprit, et il posa tout à fait sa main sur la porte et la promena le long du panneau. C'était doux, bien plus doux que ça n'aurait dû l'être. Puis il sourit : c'était une illusion.

Ignorant le fait que Lizzie lui avait conseillé de laisser reposer ses pouvoirs magiques, il fit pression dessus. Il pouvait deviner la façon dont elle avait été produite. C'était la même méthode qu'il avait utilisée pour les marmites. Tout ce qu'il avait à faire, c'était de retirer l'enveloppe et le sort serait levé. Il essaya d'abord doucement puis, en tirant plus fort, elle se mit à bouger. Il parvint à resserrer la pression de sa main et, par un dernier coup, la porte se libéra, révélant ainsi ce qu'elle cachait vraiment. Thordric en eut le souffle coupé. C'était un coffre-fort.

Comme la neige crissait derrière lui, il se retourna et se trouva face à Lizzie qui avait enfilé un épais manteau de laine. « Le déjeuner est... Qu'est-ce que c'est que ça ? dit-elle en pointant du doigt. Tu m'as dit que c'était une porte...

— Oui. Mais en fait, c'était une illusion. Je ne sais pas ce qu'il y a dedans, mais quelqu'un souhaitait qu'on ne trouve pas ce coffre. »

Lizzie s'en approcha. Il était moins haut que la porte qui l'avait caché, et mesurait seulement trente centimètres de large. « Je n'ai jamais vu ça avant, souffla-t-elle.

— Est-ce que je l'ouvre ? demanda-t-il.

— Je... Oui, je suppose », répondit-elle.

Il n'essaya même pas de chercher la combinaison du coffre, il dirigea plutôt ses pouvoirs vers les charnières. Il les dévissa et ôta la porte en la soulevant. Il s'accroupit ensuite pour voir ce qu'il y avait à l'intérieur. Un cahier et une petite flûte en bois. Il les attrapa pour les montrer à Lizzie.

Le regard rivé sur ces objets, elle pâlissait à vue d'œil. Elle prit la flûte et la fit rouler dans ses mains. « Elle appartenait à mon fils. Je... je ne l'ai pas vue depuis qu'il est parti. » Elle la mit à sa bouche et joua quelques notes. Le son sortit clair et joyeux dans la fraîcheur de l'air. « Elle a toujours le même son que quand il en jouait. »

Il vit que son regard s'embuait, mais elle essuya les larmes d'un geste impatient. Elle tendit la main pour demander le cahier et il le lui donna. La couverture était décolorée, et elle dut plisser les yeux pour lire ce qui était écrit. Elle secoua la tête et l'ouvrit pour parcourir son contenu. « C'est le journal de Patrick », murmura-t-elle.

Cette fois-ci, elle ne put retenir les sanglots. Thordric se tenait devant elle, mal à l'aise, ne sachant trop que faire.

« Rentrons, mon garçon, souffla-t-elle en reniflant. Ton déjeuner va être froid. »

Il la suivit à l'intérieur de la maison, et ils regagnèrent la cuisine. Il vit qu'elle lui avait déjà servi son repas sur la table qui était toujours contre le mur, là où il l'avait laissée. Il s'assit sans rien dire, attendant qu'elle parle. Mais elle se taisait. Installée tout au bout de la table, elle feuilletait le cahier d'une main et gardait la flûte dans l'autre. Ne voulant pas laisser refroidir son repas, il se mit à manger et constata qu'il était affamé. Il avait presque fini quand elle parla enfin.

« Je n'étais même pas au courant qu'il tenait un journal. » Thordric arrêta d'enfourner la nourriture dans sa bouche et la dévisagea. Il ne pouvait pas dire si elle s'adressait à lui ou si elle pensait juste à voix haute. « En tout cas pas un journal sur la magie.

— C'est là-dessus qu'il a écrit ? Sur sa magie ? » demanda-t-il.

Elle le regarda, comme si elle se souvenait alors de sa présence. « Oui... J'ai l'impression. Je n'ai pas lu grand-chose, mais ça m'a l'air d'être sur les sorts qu'il a créés et la façon de les faire fonctionner. » Elle l'ouvrit à la page finale. « Ce qui me perturbe le plus, c'est la dernière date. Il y parle de Kalljard, et du fait qu'il devrait être stoppé. Patrick a écrit ça la veille de sa mort. »

Mal à l'aise, Thordric remuait sur sa chaise. « Vous pensez qu'il voulait tuer Kalljard ?

— Le tuer ? Non, pas ça. Je crois qu'il essayait plutôt de renverser le Conseil. Il souhaitait leur montrer — comme toi — que les demi-mages étaient capables, et les convaincre qu'ils avaient autant le droit de faire partie du Conseil. »

Thordric plissa le front. « Vous m'avez dit qu'il était mort comment, déjà ?

— Il a utilisé un sort sur lui-même. En tout cas, c'est ce qu'a déclaré le médecin légiste. Ça a terriblement mal tourné.

— Et vous savez quel sort ? » Son sang se glaçait.

« Je n'en ai aucune idée. J'étais trop bouleversée pour y penser, et mon frère ne m'a jamais laissé voir son corps avant qu'il ne soit prêt pour son enterrement. » Elle relut la dernière page, soupira et ferma le cahier.

Thordric obligea sa mémoire à revenir au moment où Lizzie lui avait parlé de son mari pour la première fois. « Il s'était disputé avec un membre du Conseil juste avant d'écrire ça, n'est-ce pas ?

— Oui.

— Ça semble un peu bizarre qu'il soit mort le jour suivant, vous ne trouvez pas ? » Il la regardait d'un air sérieux, et il vit dans ses yeux qu'elle avait compris ce qu'il voulait dire.

Elle se leva, prit son assiette pour la mettre dans l'évier, et lui rapporta une tranche de gâteau et une grande tasse de thé chaud. « Oui, c'est *très bizarre*, mon garçon. Particulièrement quand on connaît la force de ses pouvoirs magiques. Mais qui puis-je accuser ? J'ai essayé de parler à mon frère de cette dispute entre Patrick et le mage. Il m'a juste répondu que j'étais bouleversée et qu'il valait mieux que je reste chez moi pour me reposer. Peu de temps après ça, mon fils s'est enfui. » Elle reprit la flûte pour sentir la douceur du bois sous ses doigts. « Je n'ai plus jamais eu la force de me battre, ensuite. »

13

LE SOLEIL-ENCHANTEUR

*L*a potion contre le mal des transports faisait son effet. Ils étaient assis dans le fiacre depuis plus d'une heure, et Thordric n'avait toujours pas la nausée. Du coup, son esprit était plus libre de repasser les événements des jours précédents et de digérer la quantité d'informations qu'il avait recueillies.

Il y avait encore moins de deux semaines, il n'avait jamais utilisé ses pouvoirs, et n'avait aucune connaissance en matière de sorts ou de potions. Maintenant, grâce à Lizzie, c'était bien différent. Il savait faire voler les choses, peindre sans pinceau, donner vie à des objets inanimés et créer des illusions.

Il avait d'ailleurs passé le reste de son séjour dans la maison près de la forêt des Senteux à perfectionner ces illusions. Il avait pu les appliquer à toutes les casseroles et marmites que Lizzie avait placées devant lui. Il s'était forcé à apprendre tout ce que Lizzie lui avait enseigné, et il y avait pris du plaisir. Et maintenant, il rentrait chez lui. Retour au commissariat, retour à l'enquête sur l'assassinat de Kalljard.

« À quoi penses-tu, mon garçon ? » demanda Lizzie qui était assise à côté de lui. Elle avait à nouveau revêtu sa belle robe. Mais

Thordric avait l'impression qu'elle se sentait plus à l'aise dans les tenues simples qu'elle avait portées pendant toute cette semaine.

« Je réfléchissais à l'enquête. À Kalljard et au Conseil des mages... Je me demandais s'ils étaient mêlés au décès de votre mari. » C'était vrai. Depuis qu'ils avaient trouvé le journal, il n'arrivait pas à penser à autre chose. Si le Conseil trempait dans l'assassinat de quelqu'un qui avait remis en cause leur façon de voir, c'était ignoble. Et si c'était vraiment le cas, alors qui était responsable ? Le Conseil tout entier, ou seulement Kalljard ? Il était bien connu que Kalljard avait inspiré à tout le monde le plus profond respect. Et on pouvait sérieusement s'inquiéter pour tous ceux qui auraient osé le défier.

Lizzie soupira. « Ne te tracasse pas pour ça, mon garçon. Songe plutôt à trouver le responsable du meurtre de Kalljard. Mon mari était un homme patient, il aurait certainement espéré que je le sois tout autant. Nous pourrons penser à sa mort quand tout ça sera terminé.

— Comme vous voulez, Lizzie. Mais je suis un peu nerveux d'avoir à affronter le Conseil. Ils finiront bien par découvrir que je suis un demi-mage, si je dois utiliser mes pouvoirs. Et ils ne vont pas aimer ça.

— Non, en effet. Mais tu devras leur faire accepter. Tu es aussi capable qu'eux, et tu dois affirmer ton autorité sur eux si tu veux résoudre cette affaire. Je crois en toi, mon garçon, mais c'est à toi de faire en sorte que cela se produise, le rassura-t-elle. Et ne fais pas attention aux remarques désagréables de mon frère. Il ne comprend pas la magie. Et il ne peut pas imaginer qu'un demi-mage puisse être considéré comme supérieur à lui, ça l'effraie.

— Je... je ne croyais pas que ça pouvait faire peur à l'inspecteur. »

Elle sourit. « Nos parents étaient très pauvres, et il a toujours voulu avoir une vie meilleure que la leur. Il ne pense qu'à sa situation sociale, et on ne le changera pas. »

. . .

Ils arrivèrent en ville après la nuit. Les sabots des chevaux résonnaient sur les pavés, et Thordric faisait la grimace à chaque pas, craignant qu'ils ne réveillent les gens. Lizzie demanda au cocher de s'arrêter d'abord chez Thordric. Il descendit de la voiture et se tenait devant la porte d'entrée. Elle lui tendit sa valise et, à sa grande surprise, elle le serra très fort dans ses bras.

« Bon courage, mon garçon.

— Merci, Lizzie. Et merci pour tout. Vraiment », ajouta-t-il.

Elle lui dit au revoir d'un signe de la main, et remonta dans le fiacre avec élégance, donnant un coup au plafond pour signaler au cocher de repartir. Thordric agita sa main jusqu'à ce qu'elle disparaisse au bout de la rue. Puis il se dépêcha de rentrer, remarquant l'air froid, et les glaçons qui pendaient au-dessus de la porte.

Le silence régnait dans la maison. Soit sa mère était sortie, soit elle dormait déjà. Cela n'avait pas d'importance, il voulait simplement se glisser dans son lit et ne pas être dérangé jusqu'au lendemain.

Quand il se réveilla subitement, il faisait toujours nuit. Il crut d'abord qu'il s'était assoupi quelques minutes. Mais il entendit alors le chant matinal des oiseaux et s'assit pour regarder l'heure à son réveil. Il n'était que six heures, et il devait se rendre au commissariat à sept heures et demie. Clignant des yeux pour chasser la fatigue, il se leva, passa son uniforme, et s'aspergea le visage d'eau froide.

On frappa alors à sa porte. C'était sa mère, elle aussi prête pour aller au travail, avec ses talons hauts. Tant de choses étaient arrivées qu'il avait l'impression qu'il ne l'avait pas vue depuis des mois.

Elle le serra dans ses bras encore plus fort que Lizzie. « Thordric ! Tu m'as tellement manqué, avoua-t-elle. Est-ce que tu as appris beaucoup de choses ? Assez pour résoudre cette affaire ? »

Elle le serra une nouvelle fois dans ses bras, sans lui laisser le temps de répondre. « L'inspecteur Jimmson n'a pas du tout avancé. Il a interrogé quelques mages, mais la seule chose qu'ils lui aient dite, c'est qu'ils respectaient beaucoup le révérend maître Kalljard.

— Ne t'inquiète pas, maman. Je vais découvrir qui a fait ça. » Il avait quand même un peu de mal à respirer, étant donné qu'elle le serrait très fort. « Je dois y aller, sinon je vais être en retard ! »

Elle relâcha son étreinte. « Oui, bien sûr. Justement, j'allais aussi partir. Allons-y ensemble. »

Sortis de la maison cinq minutes plus tard, ils arrivèrent au commissariat à l'heure. Comme il faisait vraiment froid, ils étaient tous les deux emmitouflés jusqu'aux oreilles dans des vestes en laine. Thordric poussa un soupir, il regrettait sa chaude cape. Lizzie avait accepté qu'il la rapporte, mais cela lui causerait certainement des problèmes s'il se mettait à la porter. C'était un risque qu'il ne pouvait pas prendre pour le moment.

Sa mère continua son chemin jusqu'à la morgue et le laissa entrer seul dans le commissariat. Les policiers le dévisagèrent lorsqu'il fit son apparition, mais il ne dit rien. Il frappa à la porte de l'inspecteur et pénétra dans le bureau quand il en reçut la permission.

« Ça alors, c'est toi, Thornable, s'exclama-t-il tout en tortillant sa moustache. Ma sœur a-t-elle été un bon professeur ?

— Oui, inspecteur, répondit Thordric.

— Bien, bien, bien... Alors que faisons-nous maintenant ? On en est toujours au même point depuis ton départ — oh ! sauf pour l'enterrement, j'entends.

— L'enterrement ? Ils l'ont déjà fait ? Mais si on a besoin du corps ?

— Du calme, gamin ! Ils en ont inhumé un qui lui ressemblait, pas le vrai. Évidemment, tout le monde n'y a vu que du feu, donc cette information doit rester strictement confidentielle.

— Le Conseil des mages a réellement permis ça ? demanda Thordric.

— Pas du tout. Heureusement pour nous, le corps de Kalljard se trouve dans un tel état que personne ne s'est douté que celui qu'on leur a rendu est un faux. » L'inspecteur se mit à glousser tout seul, tout en prenant un Pim's dans l'assiette posée à côté de lui.

Thordric ne savait pas quoi dire. Ils avaient échangé les cadavres juste sous le nez du Conseil ?

« Inspecteur ? poursuivit-il quand la surprise fut passée. Est-ce qu'ils nous laisseront revoir les appartements de Kalljard ?

— Ils nous le permettront, si je les y oblige. Mais il est possible que ce soit un problème : Vey est devenu grand mage. Ils l'ont élu hier. Il a sans doute déjà emménagé dans ses nouveaux quartiers.

— Je crois que nous devrions de toute façon y retourner, inspecteur. Je suis sûr que quelque chose m'a échappé.

— Si tu le dis, Thordrède. C'est toi qui as les... euh... les pouvoirs. » Il eut un sourire moqueur en prononçant ces mots. Thordric se souvint alors de ce que Lizzie lui avait expliqué et il ressentit soudain beaucoup de compassion pour lui. L'inspecteur dut le remarquer, car sa moustache se frisa, et il lui ordonna d'attendre devant le commissariat jusqu'à ce qu'ils se rendent au Conseil des mages.

Thordric fit les cent pas pendant une demi-heure, dans le froid glacial. La neige lui arrivait aux chevilles et il commençait à tomber de la grêle. L'inspecteur daigna enfin sortir, le regard enjoué, et Thordric eut du mal à s'empêcher de le faire voler jusque sur le toit du commissariat.

Ils marchèrent à grands pas vers le Conseil, et même si les mains et les pieds de Thordric étaient gelés, son corps s'était bien réchauffé. Quand ils arrivèrent, l'inspecteur ignora la cloche de l'entrée, et frappa d'un coup sec avec sa canne sur les portes gigantesques. Un instant plus tard, elles s'ouvrirent et maître Raan se tenait devant eux, clairement surpris de les trouver là.

« Oh, inspecteur ! Très heureux de vous revoir, mentit-il. Que nous vaut l'honneur de votre visite ?

— Je dois examiner une nouvelle fois les appartements du Grand Mage, répondit l'inspecteur sur un ton sec.

— Vous savez sûrement que ce sont maintenant ceux du révérend maître Vey, inspecteur, les avertit Raan quasiment dans un sifflement.

— Je dois tout de même les examiner. »

Raan se redressa avec un regard glacial. « Très bien, je vais vous conduire au Révérend Maître. Il décidera lui-même s'il vous y autorise ou non. »

Ils le suivirent dans la galerie sans fin, Thordric notant distraitement que les flammes accrochées au mur émettaient désormais une lumière rouge vif. Cela rendait le bâtiment plus chaleureux, malgré la froideur de Raan. Il remarqua aussi que les portes donnant sur la galerie étaient toujours ouvertes, mais cette fois, personne ne s'était précipité pour les voir passer.

Au lieu de les conduire directement aux appartements du grand mage, Raan les arrêta devant l'ancien bureau de Vey. Il frappa, et la porte s'ouvrit. Le révérend maître Vey apparut extrêmement fatigué. Il ne ressemblait plus tellement à un mage. Ses longs cheveux tombaient en mèches de chaque côté de son visage et sa courte barbe allait dans tous les sens. « Fais-les monter, ordonna-t-il avant même que Raan puisse prononcer une seule parole.

— Mais, Révérend Maître…

— Fais ce que je dis, Raan. Ils doivent mener à bien cette enquête. » Il se tourna vers eux. « Pardonnez mon apparence, messieurs, j'ai dû travailler toute la nuit sur les formalités administratives pour pouvoir prendre mes nouvelles fonctions. C'est aussi ennuyeux que de lire le dictionnaire. » Thordric sourit. Vey avait quelque chose qui le rendait bien plus sympathique que les autres membres du Conseil.

Raan s'inclina avec raideur et les escorta jusqu'aux appartements du grand mage. Il les fit entrer et repartit aussitôt. Thordric souffla sans le vouloir. Rien n'avait été déplacé dans la pièce, et l'odeur de magie qui s'en dégageait était encore aussi forte qu'à sa dernière visite. Mais cette fois, il savait ce que c'était : quelque part autour de lui se trouvait une illusion.

Il fit le tour des appartements, essayant de sentir d'où cela venait, et il remarqua la plante sur le bureau. Il l'avait déjà vue ici auparavant, mais évidemment Thordric ne la connaissait pas encore à ce moment-là. C'était un *soleil-enchanteur*. Fouillant dans ses poches, il en sortit le carnet des plantes que Lizzie lui avait donné, et chercha la page où il était décrit. Là ! Il lut ses propriétés et cligna des yeux. *Provoque des hallucinations... Une utilisation fréquente peut être fatale.*

Il montra cela à l'inspecteur dont les sourcils et la moustache se redressèrent tous en même temps. « Donc cette herbe peut être dangereuse ? résuma-t-il.

— Je pense que oui, inspecteur.

— Attends une minute. Maggie — je veux dire : ta mère — n'a trouvé que de la potion dans son estomac, et c'était la même que sa réserve secrète. Rien ne dit qu'il a avalé cette plante.

— Est-ce qu'elle sait quels ingrédients ont été utilisés ? » demanda Thordric.

La moustache de l'inspecteur se tortilla dans tous les sens. « Évidemment qu'elle le sait ! Elle ne passerait jamais à côté d'une chose aussi importante, pas ma Maggie ! »

Ce fut au tour de Thordric de relever les sourcils, et l'inspecteur ferma aussitôt sa bouche. « Vous a-t-elle dit ce qu'étaient ces ingrédients ? continua Thordric.

— Je... euh... Eh bien, je crois qu'elle a parlé de craie, de racine de lierre et de feuilles d'épines noires. Il y en a un qu'elle n'a pas pu identifier, mais elle affirme que c'est une sorte de minéral.

— Donc à part celui-là, ce ne sont que des choses qu'il pouvait trouver en ville ? songea Thordric. Du coup, je me demande bien pourquoi il gardait cette plante ici. » Il tortilla quelques feuilles avec ses doigts. Il devait découvrir où se cachait cette illusion. « Inspecteur, est-ce que vous pourriez jeter un œil autour de la pièce et me dire si quelque chose vous paraît étrange ?

— Et que dois-je chercher ? demanda l'inspecteur, quelque peu offensé d'avoir reçu un ordre d'un subordonné.

— Je ne sais pas vraiment », répondit Thordric en frottant son front et en réalisant à quel point ses cheveux avaient poussé. Ironiquement, il remarqua qu'il avait aussi quelques poils au menton.

« Allons bon, ça ne m'aide pas, gamin », protesta l'inspecteur. Il se mit quand même à chercher, mais jetait régulièrement des coups d'œil furtifs à ce que faisait Thordric.

Celui-ci examina le reste du bureau, remuant et touchant tout pour savoir si chaque objet correspondait bien à son apparence. Il venait de trouver un tiroir plein de ce qui ressemblait à des lettres d'admirateurs quand l'inspecteur l'appela.

« Thornsbie, viens par ici. »

Thordric s'empressa de le rejoindre devant une grande armoire. L'odeur de magie s'en dégageait avec une telle force qu'elle le fit tousser. « Ce meuble a l'air d'être en bois, observa l'inspecteur. Mais quand on le touche, ça n'est pas la *sensation* du bois.

— Vous êtes certain ? » demanda Thordric. La moustache de l'inspecteur se mit à frétiller : *apparemment*, il en était certain. Thordric posa sa main sur l'armoire. Au toucher, on aurait dit du verre lisse, bien loin de la sensation que devrait procurer le bois.

Ce n'était pas une illusion très puissante. En fait, elle avait même été produite avec si peu de soin qu'il se demandait comment elle avait réussi à tenir aussi longtemps. D'un simple geste de la main, il leva le sort. Et ils se retrouvèrent devant un miroir haut et large.

L'inspecteur en resta bouche bée, et sa moustache se retroussa encore une fois jusqu'aux narines. « Qu-que s'est-il passé, Thordrède ?

— C'était une illusion, inspecteur, expliqua Thordric qui respirait à nouveau normalement. Je l'ai seulement fait disparaître.

— Une illusion, tu dis ? Pourquoi voudrait-on cacher un miroir ? »

Thordric fronça les sourcils. La question était pertinente. « Je ne sais pas, inspecteur. » Il renifla, et son front se plissa encore plus. Une autre chose se cachait dans la pièce. Maintenant que le miroir était découvert, il sentait que cela venait du bureau. Retournant là, il chercha tout ce qui aurait pu lui échapper. Il ne voyait rien.

Mais ça ne pouvait pas venir de nulle part.

Alors qu'il regardait les papiers étalés, il se figea. Il s'empara de l'un des documents, et l'examina de près. C'était un sort que Kalljard n'avait pas encore autorisé. Seulement, il paraissait étrange. L'écriture était légèrement floue, comme s'il cherchait à lire avec les lunettes d'une autre personne. C'était ça !

Il essaya de sentir où l'illusion commençait, mais elle était si subtile qu'il ne pouvait pas la saisir. Il posa le document et inspira profondément plusieurs fois, comme Lizzie lui avait appris à le faire quand il était trop agité. Et il fit une nouvelle tentative. Cette fois, il l'attrapa, mais contrairement à celle du miroir, l'illusion avait été élaborée avec beaucoup de précision. Il tira dessus, mais elle tint bon.

Il essaya encore, mais fut interrompu : quelqu'un frappait à la porte.

L'inspecteur alla ouvrir. C'était le révérend maître Vey. « Je suis vraiment désolé, inspecteur, annonça-t-il. Apparemment, je dois déménager mes affaires aujourd'hui. Par conséquent, je vais devoir transférer celles de feu le révérend maître Kalljard aux archives où vous pourrez les examiner à tout moment. Mais j'ai bien peur de ne plus pouvoir vous permettre l'accès à cette pièce-ci. Je vous prie de m'en excuser. J'ai conscience que cela doit compliquer les choses. »

Thordric glissa discrètement le document dans sa poche.

14

LES ILLUSIONS LEVÉES

L'inspecteur et Thordric n'eurent d'autre choix que de partir, après l'annonce de Vey. En quittant la pièce, Thordric vit l'inspecteur dérober quelques feuilles du *soleil-enchanteur* sur le bureau, et dès qu'ils se retrouvèrent dans la rue, il les lui tendit.

« Thorniste, va montrer ça à ta mère et vois ce qu'elle peut nous en dire. »

Thordric obéit aux ordres et se rendit à la morgue. Lorsqu'il entra, sa mère était en train de regarder quelque chose au microscope, et quand elle releva la tête, Thordric vit qu'elle portait des lunettes surpuissantes. Elle avait l'air d'avoir des yeux énormes et il dut s'empêcher de rire.

« Qu'est-ce qu'il y a, Thordric ? Tu as trouvé quelque chose ? » demanda-t-elle en se levant. Alors qu'elle essayait de retirer les lunettes, ses cheveux habituellement bien coiffés s'emmêlèrent dans les lanières et elle dut se débattre un moment pour s'en libérer.

Thordric lui montra les feuilles de la plante. « C'était sur le bureau de Kalljard. Je ne savais pas ce que c'était quand nous y sommes allés la première fois, mais maintenant je la reconnais. Ça s'appelle un *soleil-enchanteur* et ça peut...

— Provoquer de fortes hallucinations. Oui, j'ai déjà vu ça. Certaines personnes que j'ai autopsiées en avaient pris.

— Comment est-ce que ça se prend ? demanda Thordric.

— En général, les gens le mangent cru, mais c'est très dangereux. Ils en avalent facilement trop et, du coup, ils finissent si troublés que le suicide leur semble être la seule solution. »

Il fit la moue. Pourquoi voudrait-on halluciner alors ? Il se remémora la fois où, plus jeune, il avait attrapé une horrible fièvre. Il s'était retrouvé quasiment inconscient pendant quelques jours et il avait eu tellement d'hallucinations qu'il n'avait pu faire la différence entre ses rêves et la réalité. Rien que d'y repenser, il en avait mal à la tête. « Donc, reprit-il, est-ce qu'il est possible qu'il en ait avalé ?

— Il n'y a rien dans son estomac qui l'indique, comme tu le sais déjà. Si ça avait été mélangé à la potion qu'il buvait, je l'aurais vu.

— Alors ça veut dire non ? insista-t-il.

— Ça veut juste dire que c'est peu probable. Cela dit, j'ai déjà rencontré un ou deux cas où ça avait été injecté dans le corps. » Tout en parlant, elle attrapa un tablier et des gants chirurgicaux pour les enfiler. « Je vais encore examiner le corps, juste pour voir s'il y a une marque de perforation que je n'aurais pas notée jusqu'ici. »

Elle disparut dans la chambre froide, laissant la porte se refermer doucement derrière elle. Subitement piqué par la curiosité, il alla à son bureau pour voir sur quoi elle travaillait lorsqu'il est arrivé. Son carnet de notes était ouvert, et son stylo était posé sur la page où elle était en train d'écrire. Il jeta un œil et gloussa. Il n'avait jamais remarqué à quel point son écriture était illisible — au moins, il savait maintenant d'où venaient ses propres pattes de mouche ! Essayant toujours de comprendre ce que ça disait, Thordric la vit revenir dans la pièce, poussant le chariot portant le corps de Kalljard.

« Bon, Thordric, si tu pouvais... Qu'est-ce que tu fabriques ? demanda-t-elle d'un ton sec.

— Je... euh... rien.

— Alors, viens m'aider ici. Prends des gants chirurgicaux et mets-les », lui ordonna-t-elle en montrant une boîte pleine à côté de lui. Il l'ouvrit et en saisit une paire. Ils étaient faits dans une matière fine et cireuse qui collait à sa peau et le faisait transpirer. Il fit tout son possible pour ne pas les arracher de ses mains.

Alors qu'il s'approchait, sa mère retira le drap blanc qui couvrait le corps. Il était exactement dans le même état qu'avant, le visage creusé et les cheveux clairsemés.

« Il n'a pas l'air d'avoir changé depuis une semaine ! nota-t-il.

— C'est parce que je le garde au froid. Bon, examinons-le et voyons ce qu'on peut trouver. »

Elle tira le drap encore un peu, et lui demanda d'inspecter un côté, pendant qu'elle s'occupait de l'autre. Il ne savait pas ce qui le rebutait le plus : la sensation des gants ou le contact avec la peau de Kalljard. Quoi qu'il en soit, son estomac décida de se mettre à danser violemment.

Cela leur prit quasiment une demi-heure pour vérifier tout le corps, mais ils ne trouvèrent rien qui indiquait une injection. En tout cas, Thordric ne se fit pas prier pour enlever ses gants. Plutôt affaibli, il se laissa tomber sur une chaise.

« J'étais persuadé qu'on en avait utilisé sur lui, gémit-il.

— Peut-être qu'il prévoyait de s'en servir pour une nouvelle potion ? En tant que grand mage, il était certainement impliqué dans la préparation des potions les plus bénéfiques que le Conseil créait.

— Je ne vois pas comment une potion d'hallucination peut être utile », remarqua-t-il. Il se sentait presque aussi faible que lorsqu'il pratiquait la magie chez Lizzie. Malheureusement, elle n'était pas là pour lui donner du gâteau et l'aider à reprendre des forces.

« Ce serait utile pour les gens qui prennent du *soleil-enchanteur* complet — ils auraient ainsi un moyen beaucoup plus efficace de mesurer la dose. »

Thordric haussa les épaules et se leva. Ses jambes tremblaient sous son poids. Il fixait la marque au-dessus de l'oreille de Kalljard. Elle avait été placée là par magie, mais ils n'avaient toujours aucune idée de la raison. Sauf si...

Il se pencha pour l'examiner. L'odeur était maintenant plus

légère, mais encore distincte. S'il enlevait la peinture, alors ils pourraient voir ce qu'il y avait en dessous — s'il y avait quoi que ce soit.

« Thordric ? Qu'est-ce que tu fabriques ? demanda sa mère qui le surveillait de près.

— Juste un peu de magie », répondit-il avec un sourire. Puis il fronça les sourcils. Comment pouvait-il la *nettoyer* ? Avec du décapant ? Ça marchait avec de la peinture normale. Mais du coup, un décapant magique devrait fonctionner avec de la peinture magique, non ? Il essaya et sa mère en resta bouche bée : la marque avait disparu.

Ils se penchèrent un peu plus pour voir ce qui avait été révélé. Il y avait une perforation, de la taille d'une aiguille environ. Il faisait plutôt le fier.

« Tu sais, Thordric, je commence à croire que Lizzie a raison à ton sujet. Tu as beaucoup de talent. » Elle lui souriait en parlant, mais il était dévasté par le fait qu'elle ait pu douter de lui. Il se retourna pour qu'elle ne remarque pas ses yeux humides.

« Qu'est-ce que tu vas faire maintenant qu'on a trouvé ça ? lui demanda-t-il en essayant de récupérer un peu de fermeté dans la voix.

— Je vais devoir prélever un échantillon de sang et l'analyser pour voir s'il y a des traces de *soleil-enchanteur*. Ça va prendre du temps, tu ferais probablement mieux de retourner au commissariat. » Elle s'approcha de lui et remarqua le léger tremblement dans son corps. « Thordric ? Tout va bien ?

— Oui, oui, mentit-il. C'est juste que les cadavres, ça me donne la nausée au bout d'un moment. »

De retour au commissariat, après avoir fait son rapport à l'inspecteur, il demanda la permission de travailler seul dans l'un des bureaux. Celui-ci, étonnamment aimable, lui dit qu'ils étaient tous utilisés, si bien qu'au lieu de cela, Thordric se retrouva en route pour la maison de Lizzie. Il n'avait pas pensé qu'il la reverrait aussi vite.

La neige était encore épaisse sur le sol, et le chemin qu'il devait emprunter était truffé de plaques de verglas cachées. À quelques reprises, il songea à tout faire disparaître, mais il y avait trop de monde. Il était inutile d'attirer leur attention. Il décida plutôt de réchauffer légèrement la glace pour qu'elle se transforme alors en neige mouillée.

Quand il arriva chez Lizzie, il la trouva dans son jardin alors qu'elle essayait de déblayer sa pelouse. Elle utilisait une pelle bien trop grande pour elle, et ses bras tremblaient chaque fois qu'elle la soulevait. Thordric secoua la tête. Restant hors de sa vue, il fit fondre toute la neige devant d'elle. Elle se redressa aussitôt et regarda autour d'elle en se demandant ce qui venait de se passer. Il décida alors de sortir de sa cachette pour aller à sa rencontre.

Elle ne réagit pas tout à fait comme il l'avait espéré, et il se retrouva avec un amas de neige fondue sur la joue.

« Est-ce que tu as perdu la tête, petit ? » s'écria-t-elle en brandissant la pelle dans sa direction. Par réflexe, il fit quelques pas en arrière.

« Je pensais que vous seriez impressionnée, avoua-t-il.

— Impressionnée ? Ah, c'est bien le mot ! Impressionnée par ta stupidité, oui ! Rentre avant que quelqu'un passe devant la maison et remarque tes exploits ! » répondit-elle sur un ton exaspéré.

Il ne discuta pas. La suivant à l'intérieur et savourant la chaleur, il se rendit à la cuisine. Comme d'habitude, un plat délicieux était en train de mijoter sur les fourneaux et son estomac se mit à gronder bruyamment. Elle lui adressa un regard réprobateur, sortit des assiettes, et lui donna une serviette humide pour qu'il nettoie son visage.

« Maintenant que tu es ici, j'imagine que tu voudras manger », lui lança-t-elle. Et elle lui remplit une assiette d'un ragoût épais, s'en servit aussi et coupa de larges tranches de pain. « Voilà qui est mieux. » Elle s'assit en face de lui, sans pour autant commencer à manger.

« Merci », dit-il en espérant que c'était ce qu'elle attendait. Apparemment non.

« Pourquoi est-ce que tu as cru bon d'utiliser tes pouvoirs pour nettoyer la pelouse, mon garçon ?

— Vous aviez l'air d'avoir besoin d'aide. Et il n'y avait personne autour, j'ai regardé avant.

— Il y a toujours quelqu'un autour, petit. Qu'est-ce qu'ils vont penser maintenant, quand ils passeront devant ma maison ? Même avec beaucoup de travail, on ne pourrait pas déblayer autant de neige en aussi peu de temps.

— Ils se diront peut-être que c'est un nouveau sort du Conseil. D'ailleurs, quelle importance ? demanda-t-il, quelque peu troublé par le soudain changement d'attitude de Lizzie. Vous m'avez dit que les gens devaient accepter que j'aie des pouvoirs, que ça leur plaise ou non. »

Elle soupira et croisa ses mains. « Oui, mon garçon, j'ai dit ça. Mais pas encore. Le Conseil est toujours puissant. Ses membres ont besoin d'être secoués avant que tu te dévoiles, sinon ils te piétineront comme tous les autres. » Elle sourit et commença à manger. « Maintenant, dis-moi, continua-t-elle. Qu'est-ce qui t'amène ici ? »

Il lui raconta l'histoire du *soleil-enchanteur* et du miroir dans les appartements du grand mage, et puis celle de la perforation sur le corps de Kalljard. Enfin, il sortit le document qu'il avait pris sur le bureau. « J'ai également trouvé ça », poursuivit-il en plissant le nez à cause de l'odeur dégagée par le papier. Il le tendit à Lizzie, content que la table ne soit pas aussi longue que celle de l'autre maison.

Elle le parcourut rapidement. « Eh bien, c'est juste un nouveau sort qu'il devait autoriser. Qu'est-ce que ça prouve ?

— Ce n'est pas un sort. Regardez attentivement. »

Elle examina le papier. « Je ne vois rien d'autre dessus.

— Vous ne trouvez pas que les lettres sont floues ? demanda-t-il en fronçant les sourcils.

— Non. Elles devraient l'être ?

— Elles le sont. C'est une illusion. Et elle est puissante. Je n'ai pas pu la lever quand j'étais là-bas, alors je l'ai emportée avec moi. Je cherchais un bureau libre au commissariat pour travailler dessus, mais il n'y en avait pas de disponible. Du coup, l'inspecteur m'a plutôt envoyé ici.

— Je vois, acquiesça-t-elle en finissant son repas. Dans ce cas, reste aussi longtemps que tu veux, mon garçon. » Elle sortit de la pièce et le laissa travailler.

Il repoussa son assiette et contempla le papier. Les contours troubles semblaient encore plus évidents qu'avant. Si Lizzie n'avait pas pu les remarquer, c'est que ça devait être indétectable pour les personnes sans pouvoirs.

Il repassa sa main sur le bord de l'illusion. Ça avait l'air un peu plus facile maintenant et il tenta de l'arracher avec force. Mais elle ne bougea pas. Il essaya une nouvelle fois, tirant fermement, mais doucement. De la sueur apparut sur son front et sa main commençait à trembler, mais il n'arriva à rien.

Après une profonde inspiration, il se leva pour marcher autour de la pièce. Puis il se retourna brusquement pour s'emparer de l'illusion, comme s'il avait voulu la prendre par surprise. Il fit plusieurs tentatives en y mettant chaque fois plus d'ardeur, mais elle lui résistait.

Jurant à voix haute, il fit voler le document et le jeta contre le mur. Il le déchira avec ses mains, de haut en bas.

Les mots étaient maintenant si flous qu'ils étaient devenus illisibles, mais on pouvait entrevoir quelque chose dessous.

Dans un éclair de génie, il se rendit compte qu'il avait jusque-là tiré de gauche à droite, alors qu'il aurait dû procéder de haut en bas. Il essaya de nouveau et, même si l'illusion résistait toujours, elle faiblissait. En tirant encore plusieurs fois, elle fut enfin levée.

Il fixa le papier du regard et sa mâchoire en tomba.

« Lizzie ! cria-t-il. Lizzie, venez vite ! »

Elle arriva en trombe dans la cuisine, manquant de se prendre les pieds dans ses jupes. « Qu'y a-t-il, mon garçon ? Tu t'es blessé ? »

Pour seule réponse, il lui tendit le papier. Elle le lut et mit soudain sa main devant sa bouche. « Je pense que mon frère doit voir ça », souffla-t-elle à voix basse. Le visage de Thordric devint sombre. Les mots lui manquaient.

. . .

Ils arrivèrent au commissariat hors d'haleine, et Thordric dut laisser Lizzie s'appuyer sur lui quand ils entrèrent. Il avait oublié qu'elle avait presque vingt ans de plus que sa mère.

« Et alors, qu'est-ce qui se passe, blanc-bec ? » lui demanda le policier de service. Il jeta un rapide coup d'œil à Lizzie qu'on ne reconnaissait pas, avec ses cheveux qui retombaient ébouriffés sur ses épaules et ses jupes en désordres. « Tu nous ramènes ta grand-mère au commissariat ? »

Elle n'apprécia guère la remarque. Se redressant de toute sa hauteur, elle rassembla ses cheveux pour les attacher et lui lança un tel regard qu'il en eut les larmes aux yeux. « Conduisez-moi à mon frère tout de suite, sinon, je vous fais renvoyer sur le champ.

— Je... euh... Excusez-moi, madame, je ne vous avais pas reconnue... Suivez-moi, s'il vous plaît. »

Lizzie surgit dans le bureau sans frapper, avec Thordric et le policier dans son sillage. L'inspecteur releva les sourcils et sa moustache s'enroula brusquement face à l'irruption foudroyante. L'homme bredouilla quelques mots indistincts et s'enfuit de la pièce aussi vite que possible.

L'inspecteur se tourna vers Lizzie, mais avant qu'il ait pu parler, elle lui mit le document entre les mains.

« Regarde ça, s'emporta-t-elle, regarde ce que ton précieux Conseil des mages prévoyait ! »

DÉBUT DES INTERROGATOIRES

L'inspecteur lut le document. Lorsqu'il eut fini, la moitié de sa moustache avait disparu et son visage était blanc comme un linge. « Je... je n'avais aucune idée, balbutia-t-il, abasourdi. Absolument aucune idée. D'où... d'où cela vient-il ?

— C'était dans les appartements du grand mage, expliqua Thordric. Il était masqué par une illusion.

— Bien, réagit l'inspecteur en tremblant légèrement. Thordric, rassemble les hommes et dis-leur que je veux les voir. Tout de suite, gamin ! »

Thordric alla prévenir les policiers à leur poste, sans prêter attention à leurs railleries. Ils se remuèrent rapidement quand ils comprirent enfin que c'était un ordre de l'inspecteur. Et ils se réunirent devant son bureau, juste au moment où il en sortait avec Lizzie.

« Messieurs, je veux que tous les membres du Conseil des mages soient arrêtés et amenés ici immédiatement ! » rugit-il. Ils affichaient tous un air perplexe. L'un d'eux eut le courage de l'interpeller.

« Mais inspecteur, ça fait presque mille personnes !

— Oui, sergent, vous avez un problème avec ça ?

— N-non, inspecteur. C'est juste qu'on n'aura pas assez de cellules pour tout le monde. »

L'inspecteur fut pris de court et son front se plissa au point de ressembler à une vallée miniature. « Eh bien, dans ce cas, n'arrêtez que les mages de haut rang — et maître Raan aussi ! »

Les hommes hésitèrent.

« Utilisez tous les moyens nécessaires, mais arrêtez-les tous. Allez EN ROUTE ! » hurla-t-il.

Ils décampèrent en quatrième vitesse, ne voulant pas tester sa patience une seconde de plus. L'inspecteur porta sa main à son front et ordonna à Thordric de lui apporter du thé et des Pim's. Le jeune garçon s'exécuta, content qu'il l'appelle à nouveau par son vrai nom.

Quand il revint dans le bureau avec son plateau, l'inspecteur et Lizzie l'attendaient. Leur agitation était palpable. Il leur versa du thé, et accepta l'offre de s'en servir aussi. « Est-ce que tu penses pouvoir te charger des interrogatoires, gamin ? Lui demanda l'inspecteur comme il s'asseyait.

— Les interrogatoires, inspecteur ? articula Thordric en se brûlant la langue avec son thé.

— Oui, gamin... les interrogatoires. Même si on ne nous ramène que les mages de haut rang, ça fait bien une trentaine de personnes à qui parler. Je veux savoir jusqu'où *tout ça* est allé dans la hiérarchie, annonça-t-il en agitant le bout de papier, et je vais avoir besoin de ton aide. » Il se rassit au fond de son fauteuil. Il eut soudain l'air fatigué. « Tu avais raison depuis le début, Lizzie... et Patrick aussi. Je suis vraiment désolé de ne pas vous avoir crus, ni lui, ni toi. »

Les policiers revinrent les uns après les autres au bout d'une heure. Ils traînaient derrière eux des mages de taille et d'âge différents qui criaient au scandale contre cette terrible injustice. Maître Raan fut l'un des derniers à arriver, avec le grand mage Vey qui marchait tranquillement, comme s'il allait chez le coiffeur pour se faire couper les cheveux. Maître Raan était loin d'être aussi calme, particulièrement quand il vit Thordric prendre des notes tout en les regardant depuis un coin. « Toi ! lui cria-t-il. Comment *oses-tu* nous arrêter ? Comment *oses-tu* arrêter le Révérend Maître ?

— Silence, Raan. Je doute que ce bon inspecteur et le jeune Thordric nous arrêtent sans avoir de raisons valables », les défendit Vey. Il fit signe à Thordric de continuer et se laissa emmener par les policiers dans une cellule.

La porte du bureau s'ouvrit derrière Thordric, et l'inspecteur sortit avec Lizzie. « Mon garçon, je dois m'en aller, lui dit-elle. Fais tout ton possible pour aider mon frère, s'il te plaît.

— Je vais faire de mon mieux », promit Thordric. Puis il suivit l'inspecteur vers les cellules elles-mêmes. Les policiers qui avaient ramené les mages se reposaient sur les marches. Tous étaient essouf-flés et certains arboraient même des cheveux d'une nouvelle couleur voyante et des traits distordus. Les sourcils de l'inspecteur se rele-vèrent, mais il ne leur dit rien d'autre que d'aller se servir du thé et des Pim's.

Le révérend maître Vey avait été enfermé seul dans une cellule, à la demande de ses confrères. Il était assis sur un banc, les yeux fermés, agitant la main chaque fois que l'un d'eux cherchait à faire ou dire quelque chose de désagréable.

Thordric sourit également en voyant qu'un simple geste de Vey avait plongé maître Raan dans un sommeil profond et stoppé ses gémissements, pour le plus grand plaisir de tous.

L'inspecteur se tenait devant les cellules, regardant les mages avec froideur. Son humeur était calmée et il pouvait maintenant évaluer la situation d'un œil professionnel. « Messieurs du Conseil, nous vous avons fait venir ici parce que j'ai découvert la preuve d'un complot ignoble. Un complot orchestré par le grand mage, feu le révé-rend maître Kalljard lui-même. »

Le regard des mages était maintenant fixé sur lui. Même Vey ouvrit un œil.

« Mon assistant et moi-même allons vous interroger pour savoir jusqu'où est allé ce complot, et, le cas échéant, pour prendre les sanctions nécessaires », continua l'inspecteur. Il se tourna vers Thordric. « Tu t'occupes des plus jeunes, je m'occupe des plus anciens.

— Et pour Vey ? murmura Thordric.

— Je pense que nous devrions le voir ensemble », répondit l'inspecteur. D'un signe, il ordonna aux deux policiers de garde d'escorter le plus jeune mage dans la petite salle pour qu'il y soit interrogé par Thordric. De son côté, il emmènerait le plus ancien dans la grande salle lui-même.

Le mage que Thordric devait questionner en premier se trouva être celui qui avait servi leur repas quand ils avaient déjeuné avec Vey. C'était un jeune homme nerveux, et Thordric n'aurait jamais cru qu'il puisse avoir un poste aussi élevé. Il avait l'air à peine plus âgé que Thordric, mais il avait sûrement quelques années de plus que lui, si Lizzie avait raison sur la longueur de leur apprentissage.

« Vous êtes... vous êtes celui qui a déjeuné avec le Révérend Maître avant qu'il soit élu, n'est-ce pas ? demanda-t-il à Thordric quand ils furent assis.

— Oui, c'est moi », confirma Thordric. Il voulut continuer à parler, mais il réalisa subitement qu'il n'avait pas la moindre idée par où commencer.

« Depuis combien de temps êtes-vous membre du Conseil ? » s'informa-t-il après un *long* silence.

Le mage tritura les manches de sa tunique. « Un peu plus de six mois, monsieur, juste après avoir fini mon apprentissage », répondit-il.

Thordric fut surpris. « Comment êtes-vous arrivé au plus haut rang si rapidement ? demanda-t-il.

— J'ai été promu il y a quelques jours seulement, à la demande du Révérend Maître. Il m'a vu pratiquer un sort pour faire pousser les arbres dans les jardins. Je n'étais pas censé les toucher sans en avoir la permission, et je pensais qu'il allait me punir. Mais ça n'a pas été le cas. En fait, il m'a même nommé responsable des jardins, un titre normalement accordé aux mages de haut rang. Certains de mes confrères ont protesté, alors il m'a promu pour les faire taire.

— Je vois », répondit Thordric. Il se creusa les méninges pour trouver une autre question, puisqu'il ne voulait pas passer à celles concernant le complot tout de suite. « Euh, est-ce que vous étiez proche du révérend maître Kalljard ?

— Je ne le connaissais pas, monsieur. Je ne l'ai rencontré qu'une seule fois, le jour où j'ai été admis au sein du Conseil. Il n'a pas vraiment fait attention à moi, cela dit, puisque nous étions cinq à arriver ce jour-là. »

Thordric soupira. Il n'allait nulle part.

« Saviez-vous que le révérend maître Kalljard planifiait de massacrer tous les demi-mages du pays ? annonça-t-il plus froidement.

— *Quoi* ? Non, monsieur, ça ne peut pas être vrai ! Feu le Révérend Maître n'aimait pas les demi-mages, mais il n'aurait jamais cherché à les tuer. Pourquoi aurait-il fait ça ? Ils ne peuvent pas faire de tort.

— Peut-être qu'il s'est rendu compte que leurs pouvoirs pouvaient être aussi forts que les vôtres, suggéra Thordric en le regardant attentivement.

— Que voulez-vous dire ? Ils ne peuvent pas utiliser leurs pouvoirs, ça tourne toujours mal.

— C'est ce que tout le monde dit, oui. » Thordric se leva. Ce jeune mage ne savait rien, il n'était coupable de rien, sauf peut-être d'une faute de goût, en ayant bizarrement choisi une tunique rose vif et marron. Thordric demanda aux policiers de le raccompagner en cellule et d'amener le suivant.

Quelques minutes plus tard, ils revinrent avec un mage si grand que sa tête touchait le plafond. On pouvait deviner qu'il était très musclé sous sa tunique, ce qui contrastait étrangement avec sa petite barbe noire et ses cheveux longs. Il n'avait pas l'air facile. Quand les hommes le firent asseoir de l'autre côté de la table, Thordric se racla la gorge et essaya d'ignorer le dégoût qui émanait du mage.

Nerveusement, Thordric jeta un regard aux deux policiers, mais ces deux-là se tenaient bien à l'écart, aussi utiles qu'une vieille paire de godillots. Se redressant sur sa chaise, il commença l'interrogatoire. Il engagea la conversation de la même façon, en demandant au mage depuis combien de temps il faisait partie du Conseil. Aucune réponse. Il reposa la question, sans plus de succès. Il continua, mais n'obtint même pas un clignement d'œil de la part du mage.

Le temps passait et Thordric savait qu'il devait le faire parler. Il décida de changer de tactique. « Qu'est-ce que vous pensez des demi-mages ? » l'interrogea-t-il.

Les muscles de l'homme furent secoués par un rire. Cela ressemblait d'ailleurs plus à un grondement de tonnerre. « Les demi-mages sont une honte pour notre métier. Un ramassis d'imbéciles qui croient que, parce que leur père est un mage, ils peuvent aussi pratiquer la magie. Ça ne vaut même pas la peine d'y penser. »

Thordric serra des poings sous la table et s'efforça de ne pas montrer sa colère. « Donc, continua-t-il en essayant de contrôler sa voix, s'il y avait un plan pour s'en débarrasser, ça vous irait ?

— Bien sûr que oui. Ils méritent tous d'être enfermés », avoua le mage en croisant les bras. Ses biceps gonflèrent et ses manches donnèrent l'impression d'avoir tellement rétréci qu'elles auraient pu craquer.

« Enfermés ? C'est tout ? Vous ne voudriez pas les voir morts ? insista Thordric en relevant les sourcils.

— Morts ? demanda le mage ahuri. C'est absurde ! J'admets que je ne les supporte pas et qu'ils ne méritent sûrement pas notre respect, mais de là à les faire mourir ! Qui pourrait bien leur souhaiter ça ?

— Votre défunt *grand mage*, pour commencer.

— Le révérend maître Kalljard ? Comment osez-vous ? C'est ridicule ! s'insurgea le mage, quasiment debout.

— Asseyez-vous, maître. Nous n'avons pas encore fini. » Thordric faillit s'étrangler en entendant autant d'autorité dans sa propre voix. Il avait l'air d'y prendre goût. Le mage se rassit brusquement, faisant gémir la chaise sous son poids.

« Avez-vous des preuves de ce complot ? » demanda-t-il sur un ton impérieux, en gonflant dangereusement ses muscles. Thordric ignora la menace. Il fouilla dans sa poche et sortit une copie du document que l'inspecteur lui avait conseillé de faire. Il la fit glisser à travers la table vers le mage.

« Où avez-vous trouvé ça ? » s'enquit-il avec des yeux ouverts comme des soucoupes. Ses muscles étaient retombés.

« Dans les appartements du grand mage, avant que le révérend maître Vey déménage ses affaires. Il était sur le bureau. C'est l'écriture du défunt révérend maître Kalljard, n'est-ce pas ? demanda Thordric en réalisant que personne n'avait encore confirmé l'information.

— C'est bien la sienne… C'est moi qui portais ses messages à tous les services. Il ne les cachetait jamais…

— Et l'un de ces messages vous a-t-il fait penser que c'était une personne cruelle ? s'enquit Thordric.

— Non, jeune homme », répondit le mage. Il avait abandonné son ton agressif. « Rien ne laissait supposer le… la… *laideur* de son esprit. » Thordric fit signe aux policiers de le raccompagner, mais le mage resta assis. « Si quelqu'un avait eu connaissance de cela… j'imagine que cela aurait été une raison suffisante pour l'assassiner, n'est-ce pas ?

— Je ne sais pas, mais cela n'aiderait probablement pas les affaires de cette personne », souligna Thordric. Le mage soupira profondément et se leva, présentant ses mains en direction des deux hommes pour qu'ils l'emmènent. Thordric se mit debout et s'étira en faisant la grimace. Il ne sentait plus son derrière, à force d'être assis. Comme on frappait à la porte, il alla ouvrir et trouva l'inspecteur.

« Cesse les interrogatoires pour le moment, gamin. Ta mère vient d'arriver avec des nouvelles intéressantes. »

Il suivit l'inspecteur dans son bureau, où sa mère attendait déjà. Elle avait remis de l'ordre dans sa coiffure depuis la dernière fois qu'il l'avait vue. Et l'odeur de pétales de roses qui flottait autour d'elle annonçait qu'elle s'était aussi parfumée. « Ah ! Te voilà, Thordric, lança-t-elle quand il entra. Je viens de finir d'analyser le sang de Kalljard. Apparemment, notre hypothèse est exacte.

— On lui a injecté du *soleil-enchanteur* ?

— Oui », confirma-t-elle en se redressant sur sa chaise. L'inspecteur s'assit avec une théière pleine et lui en versa une tasse. Elle lui adressa un sourire qui donna à Thordric l'envie de vomir.

« Cela dit, le résultat est plutôt curieux. La quantité dans son sang n'aurait pas suffi à le rendre fou et à le pousser au suicide. C'était juste assez pour lui faire voir des choses légèrement hors du commun.

— Donc nous ne savons toujours pas ce qui l'a vraiment tué ? avança l'inspecteur en attrapant un Pim's.

— Non, il n'y a rien de concluant, assura-t-elle.

— Et le miroir qu'on a trouvé ? » proposa Thordric qui voulut fanfaronner en se servant du thé sans toucher à la théière. L'inspecteur faillit s'étouffer avec son Pim's.

« Où veux-tu en venir, gamin ? demanda-t-il en toussant tellement qu'il en avait les larmes aux yeux.

— Si on imagine des choses et qu'on se regarde dans un miroir, est-ce qu'on pourrait voir quelqu'un d'autre ? »

L'inspecteur le dévisagea comme s'il le rencontrait pour la première fois. « Tu sais, gamin, que c'est une hypothèse intéressante ! Serait-ce possible, Maggie ?

— Tout à fait possible. Toutefois, je ne vois pas pourquoi il s'attaquerait lui-même. »

Le regard de Thordric passa de sa mère à l'inspecteur. Celui-ci se tortillait dans son fauteuil, mal à l'aise. « Vous ne lui avez pas encore dit, inspecteur ? »

16

UN DÉGUISEMENT CONVAINCANT

« *E*h bien, expliqua sa mère en déglutissant, étant donné les circonstances, il est probablement devenu paranoïaque. Et lui donner du *soleil-enchanteur* n'a fait qu'empirer son état. »

Toute tremblante, elle regardait Thordric. Elle n'arrivait pas à imaginer qu'elle aurait pu le perdre. Il sentit son visage devenir rouge. Si son hypothèse se vérifiait, alors il ne s'agissait plus d'un vrai meurtre. Quelqu'un avait tout organisé pour que Kalljard se tue lui-même. Maintenant qu'il savait cela, il ne pouvait s'empêcher de ressentir de la sympathie pour celui qui avait imaginé tout ça.

Le révérend maître Kalljard, chef du Conseil des mages, était la personne la plus importante du pays, en dehors de la famille royale. Presque tout le monde l'avait respecté et révéré, et personne n'avait soupçonné que c'était un monstre. Maintenant, la vérité allait apparaître *au grand jour*.

Désormais, Thordric ne doutait plus que Kalljard avait tué le mari de Lizzie. Et si ce n'était pas lui directement, il avait au moins dirigé la main d'un autre. Qui savait combien de demi-mages il avait éliminés avant de mettre sur pied le projet officiel qu'ils avaient découvert ?

Il se leva de sa chaise, prêt à continuer les interrogatoires, mais il eut une idée soudaine et se tourna vers sa mère. « Est-ce qu'il y a un moyen de prouver qu'il s'est tué lui-même ? »

L'inspecteur et la mère de Thordric se regardèrent et secouèrent la tête. « Nous vivons dans un monde de magie, gamin, lui rappela l'inspecteur. À moins de le prouver par la magie, nous ne pouvons pas en être certains. Sauf si quelqu'un avoue, bien sûr.

— Lizzie ne m'a évidemment pas appris de sort pour tuer quelqu'un, donc je ne peux pas dire... Attendez une minute ! » Son visage afficha un large sourire lorsqu'il se rendit compte de l'idée qui lui tournait dans la tête. « Inspecteur, pour l'instant, j'ai interrogé deux mages et je suis persuadé qu'ils n'ont participé ni au meurtre de Kalljard ni à son complot. On pourrait leur demander d'*examiner* le corps, non ? Ils sauraient sans doute nous dire ce qui s'est passé. »

L'inspecteur se leva aussi, trouvant l'idée de Thordric intéressante. « Je dois dire que j'encouragerais pleinement ton plan, mais tu oublies un léger détail : tous les mages du Conseil croient qu'il a été enterré il y a quelques jours. »

Thordric retomba sur sa chaise. « Alors nous ne saurons jamais ce qui s'est passé. »

C'était au tour de sa mère d'émettre des idées. Elle lissa ses cheveux et les regarda tour à tour. « Et si on déguisait le corps ? suggéra-t-elle. On pourrait leur raconter que c'est un demi-mage qui expérimentait des sorts.

— Ils vont le deviner, si j'utilise mes pouvoirs pour le maquiller. Ça produit une odeur bien trop forte, se plaignit Thordric.

— On n'a pas toujours besoin de magie, Thordric. Inspecteur, envoyez l'un de vos hommes chercher votre sœur, ce serait plus simple si elle pouvait m'aider », dit-elle. Elle se leva et sortit en coup de vent, sans même leur adresser un regard ou dire au revoir.

Thordric et l'inspecteur restèrent assis en silence pendant un moment.

« Ils remarqueront un déguisement normal aussi, surtout si elle utilise ses propres costumes », marmonna Thordric.

L'inspecteur l'entendit, et d'un mouvement agile, il lui donna une tape sur le coin de l'oreille avec un livre qui se trouvait sur son bureau. « Fais un peu confiance à ta mère, gamin, elle a beaucoup de talent. » Thordric releva les sourcils à cette remarque, mais l'inspecteur n'y prêta pas attention et demanda à l'un de ses hommes d'aller chercher Lizzie. Puis il redescendit, avec Thordric, dans les salles d'interrogatoire pour entendre les témoins suivants.

Trois ou quatre mages plus tard, alors qu'aucun d'eux ne savait quoi que ce soit, on frappa à la porte de sa salle. Un policier apportait à Thordric un message de sa mère.

« La légiste te fait dire que tout est prêt, blanc-bec », l'informa l'homme.

Thordric ignora l'insulte. « Dites-lui que je serai là-bas dans un instant », répondit-il. Il se retourna vers le mage qu'il interrogeait et lui expliqua calmement le complot de Kalljard, s'attendant à la classique réaction de choc. Il ne fut pas déçu.

Quand il eut fini, il descendit aux cellules et demanda à voir les deux mages qu'il avait entendus en premier — le jeune jardinier et le barbu très musclé. Ils avaient été envoyés dans l'un des bureaux, pour qu'ils ne parlent pas du complot de Kalljard aux autres.

Quand il dénicha l'endroit, la petite pièce était déjà pleine, puisque les mages de l'inspecteur aboutissaient là aussi. Il se fraya un chemin et réussit à monter sur une chaise pour voir tous les visages. Ceux qu'il cherchait se trouvaient au fond, chacun de leur côté de la pièce. Il les appela et leur demanda de venir avec lui, se sentant un peu gêné de ne pas connaître leur nom.

Ils ne firent aucun problème. Ils étaient toujours assommés par la révélation que Kalljard avait été un vrai monstre et suivirent donc Thordric en silence jusqu'à la morgue. Là-bas, ils trouvèrent Lizzie et sa mère vêtues de tabliers blancs et de gants chirurgicaux, debout autour du corps disposé sur la table. Thordric essaya de ne pas montrer sa surprise en s'apercevant qu'il avait complètement changé.

Elles avaient coupé la barbe et les cheveux de Kalljard pour les colorer ensuite en rouge vif. Elles lui avaient dessiné plusieurs tatouages sur les bras et la poitrine, en parvenant à leur donner un air ancien. Même Thordric eut du mal à l'identifier. Cela dit, sa peau était toujours enfoncée et tannée, et c'est ce qu'il voulait que les mages examinent. Il n'y avait aucun danger à faire venir ces deux-là. Thordric savait qu'ils n'avaient pas du tout vu le corps et qu'ils n'auraient donc pas pu reconnaître l'état dans lequel il se trouvait.

« Bonsoir, maîtres ! les salua sa mère. Je désirais faire appel à votre aide pour conclure l'autopsie de ce pauvre homme. »

Les deux mages se regardèrent. « N-nous serions ra-ravis de vous assister », dit le plus jeune.

La mère de Thordric sourit. « Excellent ! Comme vous le voyez, son corps a subi un dessèchement extrême et commence même à se décomposer. » Elle fit une pause, en leur montrant l'état de la peau. « Nous savons que c'est un demi-mage, et nous supposons donc qu'il a essayé d'utiliser ses pouvoirs. Or, comme d'habitude, ça a mal tourné. Mais je dois m'en assurer pour confirmer mon rapport. J'aimerais, messieurs, que vous m'aidiez à découvrir la vraie raison de son décès.

— Je-je vois », dit le jeune mage. Il observa le corps de près. « Je-je dirais que votre thé-théorie est e-exacte, madame. Qu'en pensez-vous, maître Myak ? » demanda-t-il en se tournant vers le mage musclé. Celui-ci se pencha à son tour, et toucha le corps du doigt à plusieurs reprises.

« Je suis d'accord, maître Batsu, grogna-t-il. Et ce sont en effet des pouvoirs puissants. Êtes-vous certaine que c'était un demi-mage ?

— C'est ce qu'on m'a dit, maître, confirma la mère de Thordric sans le moindre embarras.

— Il se pourrait que ce soit plutôt un égaré. Ce serait une hypothèse plus logique, parce que je ne crois pas que les pouvoirs d'un simple demi-mage puissent provoquer autant de dégâts. Non, cet homme était un égaré.

— Comment pouvez-vous en être sûr, maître ? » intervint Lizzie. Elle regardait maître Myak dans les yeux et exigeait une réponse.

« Les égarés sont des déserteurs de l'école du Conseil, expliqua-t-il en lui rendant son regard avec autant d'intensité. Comme tels, ce sont des mages grandement entraînés et capables des mêmes choses que les membres du Conseil. Si je ne me trompe pas, le sort utilisé par cet homme requiert un niveau de formation élevé, et nous savons qu'il est difficile à contrôler. Seuls les mages de haut rang tels que moi peuvent maîtriser des sorts comme celui-ci. Mais nous n'en faisons jamais usage. Ils sont uniquement destinés à se protéger.

— Donc, si je comprends bien, on pourrait aussi dire qu'un membre du Conseil comme vous aurait pu s'en servir contre lui pour se défendre ? » le provoqua Thordric.

Maître Myak bomba ses muscles, mais maître Batsu l'interrompit avant qu'il ne fasse le moindre geste.

« Non, en fait. U-une règle impose à tous les mages qui utilisent un sort défensif de haute magie de le déclarer au Révérend Maître et d'expliquer pourquoi ils l'ont utilisé. Or personne n'a fait de déclaration depuis cinquante ans. Consultez nos archives, si vous le souhaitez.

— Et si cette personne n'a rien dit ? insista Thordric.

— N-nous sommes liés par un s-serment, voulut expliquer maître Batsu.

— Mais ce n'est pas votre souci, l'interrompit maître Myak en grognant. Votre souci, c'est que ce sort ne pouvait pas le tuer. Très certainement, ça l'a affaibli, mais pas tué. »

Thordric se découragea. Si ce n'était pas la cause du décès, alors comment avait-il été tué ? Il pinça les lèvres, pour s'empêcher de dire à haute voix la litanie de jurons qui lui passaient par la tête. Ça ne menait absolument à rien. « Vous avez une autre idée ? » demanda-t-il au bout d'un moment.

« Non, jeune homme, répondit maître Myak. Aucune.

— M-moi non plus », renchérit maître Batsu.

. . .

Thordric les raccompagna au commissariat, où il constata que plusieurs mages avaient encore été transférés dans la salle bondée. Sans aucun doute, l'inspecteur les interrogeait à un rythme rapide. Il laissa là les deux mages et redescendit vers les cellules où il n'en restait plus qu'une douzaine. Il se tourna vers le policier qui montait la garde et lui demanda d'aller chercher l'inspecteur pour lui. L'homme hésita, mais Thordric vit le révérend maître Vey effectuer un petit geste de la main et l'homme se dépêcha d'y aller.

« Pourquoi avez-vous fait ça ? » s'étonna Thordric à Vey en s'approchant de sa cellule pour ne pas avoir à parler trop fort. Les autres mages le regardaient et maître Raan, maintenant réveillé, maugréa quelques mots sinistres à voix basse.

« Je voulais juste vous aider. L'inspecteur vous a donné un travail difficile, Thordric, et il espère que ses hommes suivront vos ordres alors qu'ils ne vous considèrent que comme un enfant. Ils devraient pourtant vous respecter. Vous faites clairement preuve de discernement et d'intelligence — des qualités, je le crains, que peu d'entre eux possèdent. »

Thordric ne pouvait s'empêcher de sourire. « Je suis désolé que nous ayons dû vous enfermer comme ça, Vey », regretta-t-il.

Maître Raan s'offusqua. « Montre un peu de respect, petit impertinent ! cria-t-il. Tu t'adresses au Révérend Maître et tu ferais mieux de t'en souvenir ! »

Vey le regarda en levant un sourcil puis, d'une rapide onde magique, il le fit à nouveau dormir. « Maître Raan se soucie bien trop du protocole officiel et de la place des gens dans la société. Personnellement, je trouve mon titre assez ennuyeux. »

Thordric aurait aimé discuter un peu plus longtemps avec Vey, mais le policier réapparut, suivi par l'inspecteur, dont le reste de moustache ondulait dans tous les sens. « Inspecteur, je dois vous parler en privé », annonça vite Thordric, avant qu'on ne lui crie dessus.

Ils retournèrent dans son bureau, sans se soucier du thé, cette fois. L'inspecteur se tenait derrière son fauteuil, trop agité pour pouvoir s'asseoir. « J'espère que tu as de bonnes nouvelles, gamin. Il n'y a rien à tirer de tous ces mages. »

Thordric inspira profondément et lui rapporta ce que maître Myak et maître Batsu avaient dit. Quand il eut fini, l'inspecteur resta silencieux. Il s'assit et ouvrit son tiroir pour en sortir une petite bouteille décorée, remplie d'un liquide bleu-vert qui tournoyait. Il la plaça sur son bureau devant Thordric qui se léchait les babines nerveusement.

« As-tu une idée de ce que c'est, gamin ? demanda-t-il en montrant le flacon.

— U-une potion, inspecteur ?

— Oui. Elle m'aide à me détendre après une longue journée. Sais-tu qui me l'a donnée ?

— Non, inspecteur », répondit-il en se demandant où allait cette conversation.

L'inspecteur baissa les yeux, plutôt tristement. « C'est le révérend maître Kalljard qui m'en a fait cadeau, le jour où il est venu me féliciter de ma promotion comme inspecteur. C'était la première fois que je le rencontrais. Et ce jour-là, j'aurais juré qu'il était la personne la plus généreuse et la plus bienveillante que j'ai jamais connue. Il m'en a offert vingt caisses ! Bien assez pour tenir jusqu'à la retraite.

— Et elle fait de l'effet, inspecteur ?

— Oui. Même un peu trop parfois. » Il fit une pause, en secouant la tête. « Lizzie t'a raconté l'histoire de son mari, n'est-ce pas ? Et la façon dont j'ai étouffé l'affaire pour que les journalistes ne lui courent pas après ?

— Oui... elle m'en a parlé », dit-il avec la chair de poule sur ses bras. Où l'inspecteur voulait-il en venir ?

« Tout ça s'est passé peu de temps après avoir reçu cette potion que je prenais tous les jours. J'en ai perdu le bon sens, Thordric. J'ai attaché beaucoup plus d'importance aux clichés sur les demi-mages qu'à mes obligations professionnelles. Si je n'en avais pas pris, j'aurais fait mon travail correctement. Et j'aurais sans doute découvert ce qui s'est vraiment passé la nuit où il a quitté la maison. »

Il attrapa la bouteille et le jeta violemment par terre, faisant sursauter Thordric.

« Aide-moi à trouver qui a manigancé la mort de Kalljard, mon garçon. J'aimerais le remercier personnellement de nous avoir débarrassés d'une figure aussi ignoble. »

17

L'INTERROGATOIRE DE RAAN

*M*aître Raan était assis en face de Thordric. Il soufflait comme un bœuf et triturait les manches de sa tunique. Toute trace de la politesse manifestée envers Thordric et l'inspecteur, la première fois qu'ils s'étaient rendus au Conseil, avait complètement disparu. Maintenant, il se montrait méprisant et hargneux. Et Thordric en faisait les frais depuis plus d'une demi-heure.

« Raan, vous finirez bien par me dire ce que vous savez », s'agaça Thordric. Il aurait préféré que l'inspecteur interroge Raan, mais comme c'était l'un des plus jeunes mages, c'était à Thordric de s'y coller.

« Mon titre est maître Raan, petit insolent ! aboya Raan.

— Bien, *maître* Raan. Alors, répondez à mes questions. Depuis combien de temps faites-vous partie du Conseil des mages ?

— Qu'est-ce que ça peut bien te faire ? le provoqua Raan.

— Répondez ! rugit Thordric en se levant d'un bond. Sinon, je demande à l'inspecteur de vous enfermer jusqu'à la fin de vos jours. »

Raan lui lança un regard furieux et passa sa main sur la table en faisant grincer ses ongles dessus. Au son aigu qu'il produisait, les cheveux de Thordric se redressèrent sur sa tête et tous ses muscles se crispèrent. « Soit, lâcha Raan dans un sifflement. Je suis membre du Conseil des mages depuis dix ans.

— Et quel est votre rang ? » demanda Thordric en aplatissant sa coiffure.

Les narines de Raan se dilatèrent. « Je suis un mage de rang intermédiaire. Mais le révérend maître Kalljard a laissé plusieurs fois entendre que je serai promu.

— Et il a été tué avant de l'avoir fait ?

— Évidemment, petit sot. Mais je suis certain que le Révérend Maître s'en chargera lorsqu'il sera habitué à ses nouvelles fonctions. »

Thordric faillit s'étouffer de rire. Le révérend maître Vey ? Lui donner une *promotion* ? Impossible ! Thordric savait que Vey avait plus de bon sens que ça. « Et donc vous étiez proche du révérend maître Kalljard ?

— Suffisamment, oui. Il m'a lui-même choisi pour nettoyer ses appartements tous les jours. Je faisais la poussière sur les étagères, je changeais les draps de son lit et j'arrangeais ses tuniques pour le lendemain...

— Donc vous pouviez entrer chez lui comme bon vous semblait ?

— Évidemment. Sinon, comment aurais-je pu remplir mes fonctions ? répondit Raan.

— Est-ce que vous avez déjà remarqué un miroir dans la pièce ? » demanda Thordric. Raan leva les sourcils et se remit à jouer avec ses manches.

« Il y en avait un, admit-il. Mais il a été retiré quelques jours avant que... l'incident n'arrive. Je crois qu'il a été remplacé par une penderie. »

Là, Thordric commençait à avancer. Si Raan savait qui l'avait enlevé, alors il s'approchait encore de la résolution de l'affaire. Il lui demanda s'il avait une idée à ce sujet. Mais Raan déclara qu'il avait été affreusement malade ce jour-là et qu'il n'avait pas pu surveiller l'échange des meubles. Thordric trouva cela extrêmement suspect, mais Raan lui donna le nom des six mages qui partageaient sa chambre et qui pouvaient confirmer ce qu'il disait.

Laissant Raan seul dans la salle d'interrogatoire, Thordric envoya un policier vérifier son alibi au Conseil. Comme ce n'était qu'un mage de rang intermédiaire, ceux qui étaient parqués dans le bureau connaissaient assez peu Raan, et ne furent d'aucune aide.

En attendant, il doubla la sécurité en dehors de la salle d'interrogatoire qu'il utilisait et fit un tour vers celle où l'inspecteur questionnait toujours les mages plus âgés. Il y avait une lucarne par laquelle il pouvait voir tout ce qui se passait. Le vieil homme qui se trouvait à l'intérieur pleurait à chaudes larmes. Thordric n'avait pas de mal à deviner pourquoi.

Plus le mage essuyait ses larmes avec le bout de sa barbe, plus elles coulaient à flots. L'inspecteur insistait pour obtenir des détails. Lorsqu'il lui demanda s'il avait eu connaissance du complot, l'homme ne put que secouer la tête, incapable de parler. L'inspecteur poussa un soupir, se leva et fit signe aux policiers de garde d'accompagner le mage dans le bureau. Il aperçut Thordric et sortit le voir.

« Je pensais que tu t'occupais de Raan, gamin », observa-t-il en tirant sur le reste de sa moustache. À force de tirer dessus, il en avait encore perdu une bonne partie depuis la dernière fois. Du coup, elle ne semblait plus avoir de personnalité propre.

« Oui, inspecteur. Au départ, il ne voulait pas coopérer. Alors j'ai dû le menacer de le faire enfermer à vie s'il ne commençait pas à parler. »

L'inspecteur gloussa. « Tu fais des débuts prometteurs, gamin. Et donc ? Il a retrouvé sa langue ?

— Il m'a expliqué qu'il était chargé de faire le ménage chez Kalljard. Apparemment, c'est Kalljard qui l'a choisi en personne pour ce boulot.

— Il était femme de chambre ? » L'inspecteur partit dans un fou rire qui lui mit les larmes aux yeux.

« Ce n'est pas tout, inspecteur. Raan a vu le miroir dans les appartements de Kalljard, mais il dit qu'il a été enlevé et remplacé par une penderie quelques jours avant l'incident.

— Ah, vraiment ? Où se trouvait-il quand c'est arrivé ?

— Il prétend qu'il ne se sentait pas bien ce jour-là et qu'il est resté dans sa chambre. J'ai envoyé un de vos hommes là-bas pour vérifier si les autres mages confirment son alibi.

— Bon travail, gamin. Continue comme ça et fais-moi savoir ce que cet imbécile dira de plus. » Au moment d'entrer dans la salle, il s'arrêta. « Oh, d'ailleurs, gamin. Tu commences à avoir du poil au menton, il va bientôt falloir songer à te raser, je pense. » Il montra du doigt son menton velu.

Thordric devint tout rouge, mais l'inspecteur avait disparu avant de pouvoir le remarquer.

Il revint à la salle d'interrogatoire où se trouvait Raan, et jeta un œil par la lucarne pour s'assurer qu'il ne manigançait rien. Raan adressa à Thordric un long regard indifférent. Thordric lui tourna le dos et remonta à l'étage pour attendre le retour du policier.

Il se prépara du thé et osa même prendre quelques Pim's dans la réserve de l'inspecteur. Assis dans un bureau inoccupé, il regardait par la fenêtre. Il faisait déjà nuit, et il neigeait encore. Il espérait que le policier reviendrait vite, sinon Thordric devrait travailler une bonne partie de la soirée à tenter de soutirer plus d'informations de Raan.

Remarquant que les mages enfermés dans le bureau le regardaient fixement, il demanda à leur gardien de les renvoyer chez eux. Cela n'était pas utile de les retenir ici, puisqu'ils ne savaient vraiment rien. Par contre, le révérend maître Vey passerait la nuit au commissariat, dans la mesure où il serait le dernier à être interrogé. Thordric bâilla et finit son thé juste au moment où le policier revint. Il avait l'air complètement congelé. Thordric lui offrit une tasse de thé qu'il prit avec gratitude.

« I-ils o-ont t-tous c-confirmé », tenta-t-il d'articuler en claquant des dents.

Thordric jura tout bas. « Merci, brigadier », répondit-il en l'envoyant vers l'unique cheminée pour se réchauffer. Il regarda le pauvre homme ôter sa veste mouillée et se blottir aussi près des flammes que possible sans se brûler. Thordric lui adressa un signe de tête et redescendit les escaliers qui menaient à sa salle d'interrogatoire.

Raan affichait un sourire suffisant, et la couleur de sa longue tunique était passée du rouge au bleu foncé. Avec son visage pâle, ça lui donnait un air encore plus maladif. Thordric réalisa qu'il détestait cet homme. Il saisit sa chaise et la transporta de l'autre côté de la table, assez près de Raan pour pouvoir l'étrangler, en cas de besoin.

« Maître Raan, lorsque l'inspecteur est allé rendre hommage au révérend maître Kalljard, la première fois, je crois que vous lui avez expliqué votre idée sur la façon dont il est décédé. Rappelez-moi ce que c'était », demanda-t-il calmement.

Raan se redressa. « J'ai dit qu'à mon avis, il avait arrêté de prendre sa potion d'éternelle jeunesse, déclara-t-il en dévisageant Thordric.

— Je vais vous surprendre. Son estomac contenait une potion. Et elle correspond à celle qu'il cachait soigneusement dans une colonne de son lit. S'il avait arrêté de la prendre, alors nous n'en aurions pas trouvé dans son corps.

— Et qui te dit que c'est réellement sa potion d'éternelle jeunesse que tu as découverte chez lui ? le défia Raan, en se passant la langue sur les lèvres. Je parie qu'elle est rose vif, n'est-ce pas ? »

Thordric fronça les sourcils. « Comment le savez-vous ? »

Raan se mit à ricaner. « Sa couleur n'était pas un secret. On l'a plusieurs fois vu en prendre dans la salle à manger. » Il se tourna légèrement vers Thordric. « Et sais-tu combien de potions ont cette couleur rose vif ? J'en connais au moins cinq. Et chacune a des propriétés *très* différentes », commenta-t-il sur un ton venimeux.

Thordric en avait assez. Il frappa sur la table avec son poing, résistant à l'envie pressante de balancer Raan contre le mur. Non, songea-t-il, il doit rester conscient.

Au lieu de cela, il quitta la pièce rapidement, traversa le commissariat en courant et sortit. Il se rendit à toute allure à la morgue, espérant que sa mère et Lizzie s'y trouvaient toujours. Elles y étaient bien.

Comme il s'approchait, il constata qu'elles étaient en pleine conversation, mais elles s'interrompirent subitement en voyant son regard furieux.

« Thordric, l'appela sa mère. Tout va bien ? »

Il secoua la tête et leva les mains au ciel, sachant que s'il parlait, il dirait quelque chose qu'il regretterait. Il fonça plutôt vers le bureau de sa mère, fouillant parmi toutes les fioles jusqu'à ce qu'il trouve ce qu'il cherchait. *La voilà* ! Il s'empara du flacon de potion rose récupéré dans la colonne du lit de Kalljard et repartit en coup de vent.

En chemin, il tomba sur l'inspecteur.

Thordric l'appela en essayant de ne pas laisser sa colère prendre le dessus. « Inspecteur, je pense que vous devriez venir avec moi. »

L'inspecteur ouvrit la bouche pour protester, mais il comprit l'urgence dans le regard de Thordric. « Très bien, allons-y, gamin. » Et il le suivit jusqu'à la salle d'interrogatoire où se trouvait Raan.

Thordric tendit brusquement la potion à Raan. « Buvez ça, lui ordonna-t-il sèchement. Buvez cette potion et on verra bien quel effet elle a. »

Raan se leva et recula contre le mur. Il regardait le flacon comme s'il contenait du poison. « Allons, pas besoin de s'enflammer, se défendit-il en montrant la paume de ses mains. Ça n'était qu'une hypothèse, après tout. Tu m'as juste demandé ce que je pensais...

— Qu'est-ce qui se passe, gamin ? intervint l'inspecteur, prêt à s'en prendre à Thordric.

— Cette boule de gomme visqueuse suggère que quelqu'un a pu échanger la potion de jeunesse de Kalljard avec une autre de la même couleur. Je veux juste tester son idée.

— Ah... », dit l'inspecteur. Son regard glissa de Thordric à Raan. « Eh bien, je suppose qu'il n'y a pas vraiment d'autre façon de le savoir. » Il contemplait Raan et un sourire se formait sur ses lèvres. « Je suis vraiment désolé, cher maître Raan, ajouta-t-il sur un ton moqueur. Mais je crains qu'il faille vous plier à la demande du garçon. » Il fit un pas de côté, devenant ainsi spectateur, et laissa Thordric continuer.

Thordric mit de force la bouteille dans les mains de Raan qui refusa de bouger. « Je ne voulais pas que tu le saches si vite, mais tu ne me donnes pas le choix », lança Thordric. Il déversa ses pouvoirs dans les mains de Raan, l'obligeant à ouvrir la bouteille et à avaler son contenu.

En buvant, Raan regardait Thordric avec un mélange de terreur et de surprise, et une mare jaunâtre apparut autour de ses pieds.

« On dirait que vous allez devoir aussi changer de tunique », gloussa l'inspecteur.

Thordric croisa les bras et attendit. D'abord une demi-heure, puis une heure. Rien ne se passa. Raan était encore debout, en parfaite santé, les yeux rivés sur Thordric.

L'horloge de l'étage sonna minuit, ce qui réveilla l'inspecteur qui commençait à somnoler. « Apparemment, vous avez de la chance, maître Raan, observa-t-il. Votre hypothèse semble fausse. »

Raan poussa un gémissement de soulagement. L'inspecteur fit signe à Thordric d'approcher et chuchota à son oreille. Thordric se tourna vers Raan avec une mine satisfaite. Puis, le soulevant dans les airs, il le fit sortir de la pièce et le fit voler dans le couloir pour le ramener jusqu'à sa cellule.

Comme il passait, le révérend maître Vey leva les sourcils, mais cela ne le surprit pas outre mesure. Thordric lâcha Raan dans la cellule voisine.

« N'allez pas croire que j'en ai fini avec vous », vociféra-t-il. Raan gémit à nouveau et se précipita aussi loin de Thordric que possible.

« Je ne pense pas que nous pourrons vous interroger avant demain, Vey, s'excusa Thordric en se tournant vers lui. Je suis vraiment désolé, vous allez devoir passer la nuit ici. Avez-vous suffisamment chaud ? Avez-vous besoin d'une couverture ? Quelque chose à manger ou à boire ?

— Tout va bien, Thordric, je te remercie. Et ça n'est pas la peine de t'excuser, je suis certain que tu as eu une rude journée. » Thordric le salua d'un signe de tête avant de remonter l'escalier vers la salle principale du commissariat. Il retrouva sa mère alors qu'elle sortait de la morgue et ils marchèrent ensemble jusqu'à leur maison. Cette fois, Thordric ne voulut plus tenir ses pouvoirs secrets : il fit fondre toute la neige dans la rue et ils purent avancer plus facilement.

18

L'IDENTITÉ RÉVÉLÉE

*L*e sommeil de Thordric fut agité cette nuit-là. À certains moments, il ne savait plus s'il était réveillé ou non. Il avait terriblement chaud malgré la fraîcheur de la maison, et il se leva deux heures avant l'heure habituelle.

Il se tenait devant son lavabo, les yeux bien ouverts. Les poils de son menton avaient vraiment poussé. Alors, avec une grimace, il saisit le rasoir que sa mère lui avait offert pour son anniversaire l'année précédente. Son tranchant avait l'air menaçant, et sa pomme d'Adam trembla juste en le regardant.

Presque une demi-heure plus tard, il était rasé de près, et le visage couvert de bouts de papier là où il s'était coupé. Malheureusement, cela l'avait rendu si nerveux qu'il était maintenant trempé de sueur, et il lui fallait prendre un bain. En allant dans la salle de bain hors de la maison, il fit la grimace quand il fut agressé par le vent glacial. Puis il décrocha la baignoire en étain du mur, la plaça au milieu de la petite pièce et attrapa le seau pour aller chercher de l'eau. En quelques allers-retours jusqu'à la cuisine, il la remplit jusqu'à ce qu'elle déborde quasiment. L'opération fut plus rapide que d'habitude, puisqu'il n'avait plus besoin de chauffer l'eau sur les fourneaux d'abord. Il utilisa ses pouvoirs, comme il l'avait fait chez Lizzie, et se mit à rire en repensant à tous les ennuis qu'il avait eus à ce moment-là.

Il sauta dans son bain et le clapotis de l'eau contre sa peau lui permit de se détendre. Quand il en émergea, c'était l'heure d'aller enfiler son uniforme et de partir pour le commissariat. Il eut juste assez de temps pour avaler le porridge que sa mère lui avait préparé.

En arrivant là-bas, il trouva les policiers bien plus fatigués que d'habitude. Et quand l'inspecteur sortit de son bureau, il dut faire beaucoup d'efforts pour ne pas rire. Il avait perdu complètement sa moustache. Et il avait des cernes si sombres qu'on aurait pu croire qu'il avait emprunté le maquillage de sa mère pour s'en étaler partout autour des yeux.

« Bonjour, gamin, marmonna-t-il, sans pouvoir réprimer un bâillement. Raan t'attend dans la salle d'interrogatoire. Il est tout aussi terrifié que quand tu l'as laissé hier soir. Mais tu ne devrais plus avoir de problèmes aujourd'hui. Viens me chercher lorsque tu auras fini avec lui, et nous irons parler au révérend maître Vey ensemble.

— Bien, inspecteur », répondit-il. Puis, après avoir hésité un instant, il se pencha à l'oreille de l'inspecteur, en parlant suffisamment bas pour que les hommes n'entendent pas. « Euh, comment dire ? Je peux... faire repousser votre moustache... si vous voulez. »

Surpris, l'inspecteur se redressa d'un coup. « Vraiment ? chuchota-t-il. Tu peux réellement faire ça ? Dans ce cas, gamin, passe dans mon bureau quelques instants. » Il jeta un coup d'œil à ses hommes, mais ça n'avait pas l'air de les intéresser.

Thordric le suivit dans son bureau et ferma la porte derrière lui. « Quelle longueur vous voulez, inspecteur ? » demanda-t-il.

L'inspecteur haussa les épaules. « La même longueur qu'avant, et la même épaisseur.

— Très bien, alors. Excusez-moi, inspecteur. » Thordric posa ses doigts sous son nez puis, faisant passer ses pouvoirs dans sa main, il fit semblant de tirer sur les poils. La moustache repoussa d'abord doucement, peu fournie, puis une fois que Thordric trouva la bonne dose de magie à utiliser, il lui redonna sa taille normale. En moins d'une minute, l'inspecteur avait retrouvé une moustache aussi touffue et avec les mêmes réactions émotionnelles qu'avant.

« C'est très impressionnant, gamin, s'exclama-t-il en passant sa main dessus. Je crois que tu mérites une augmentation. »

Thordric sourit et laissa l'inspecteur peigner sa moustache. Il descendit à l'étage des cellules où il vit Vey manger du pain frais et du fromage pour son petit-déjeuner, puis il entra dans la salle d'interrogatoire. Raan se tenait accroupi dans un coin, l'air pitoyable, ignorant complètement la table et les chaises. Thordric décida de l'aider en le soulevant jusqu'à son siège et en le forçant à s'asseoir.

« Bonjour, Raan », dit Thordric en s'installant. Le mage essaya de reculer sa chaise, mais Thordric la maintint en place.

« Vous... vous êtes quoi ? » réussit-il à balbutier. Sa tunique commença à changer de couleur. Elle devint bleue, puis violette, puis rouge, en passant par toutes les couleurs de l'arc-en-ciel. Mais il n'avait pas l'air de s'en rendre compte.

« Je suis un demi-mage », répondit calmement Thordric. Raan l'observait avec incrédulité.

« Mais vous utilisez vos pouvoirs sans causer de dégâts. Vous ne pouvez pas être un demi-mage. Ils ne sont pas assez doués pour ça.

— Je *suis* un demi-mage, Raan. J'ai juste été formé à la magie, comme vous.

— Par qui ? Qui oserait partager nos secrets avec l'un des vôtres ?

— Ça, ça ne vous regarde pas. Bon, à mon tour de poser les questions. Est-ce que vous avez déjà vu ça ? » Il poussa jusqu'à lui le document où était détaillé le complot de Kalljard. Raan y jeta un rapide coup d'œil et haussa les épaules.

« C'est possible. Ça ressemble aux papiers sur le bureau du révérend maître Kalljard, observa-t-il en relevant le nez.

— Lisez-le, Raan », ordonna Thordric. Et il l'obligea à se pencher en avant pour qu'il n'ait pas d'autre choix que de vraiment regarder le document. Raan le parcourut et haussa à nouveau les épaules. « Vous étiez au courant, n'est-ce pas ? l'accusa Thordric.

— Oui, j'étais au courant. Mais en quoi ça me regarde ? C'est un projet du révérend maître Kalljard. »

Thordric perdit à nouveau son sang-froid. « En quoi ça vous regarde ? gronda-t-il. Vous auriez laissé mourir des innocents ?

— Il ne considérait pas qu'ils étaient innocents. Et il n'aurait pas cru que *vous* l'êtes non plus. Quoi qu'il en soit, je ne me serais jamais permis de le contredire.

— Vous auriez dû prévenir vos confrères. Ils auraient été assez courageux pour l'en empêcher, s'ils avaient su.

— Oh non, je ne pense pas. Vous voyez, le révérend maître Kalljard leur faisait boire cette potion que votre inspecteur aime tellement. Ils n'auraient jamais pu dire quoi que ce soit contre lui, même s'ils avaient voulu.

— Vous feriez mieux de ne pas mentir, Raan, le prévint Thordric en serrant les mâchoires.

— Pourquoi mentirais-je ? dit Raan avec un sourire satisfait. Demandez au Révérend Maître, si vous ne me croyez pas. C'est lui qui préparait la potion pour tout le monde. »

Thordric pensa un instant faire tomber tous les cheveux de Raan, mais il n'aurait pas pu supporter de l'entendre pleurnicher encore une fois. « Dernière question, Raan. Qui a tué Kalljard et par quel moyen ? »

Raan grimaça, comme si Thordric venait juste de l'insulter. « Je vous assure que je n'en ai pas la moindre idée.

— Très bien », conclut Thordric. Il se leva, ordonna aux policiers de ramener Raan dans sa cellule, puis alla retrouver l'inspecteur.

Quand il remonta dans son bureau, Thordric trouva une note à son intention, lui indiquant de rejoindre l'inspecteur à la morgue. Il se mit en route en se demandant si ça n'était qu'un ordre ou si sa mère avait découvert quelque chose d'autre.

Lorsqu'il arriva, Lizzie était là aussi et ils étaient tous en grande discussion autour d'un gros livre en piteux état.

« Inspecteur, vous m'avez demandé ?

— Ah, te voilà, gamin, l'appela-t-il en se retournant. Viens voir ça. »

Thordric les rejoignit et se pencha sur le livre. Il était ouvert à une page qui portait le titre « Minéraux pour la santé ». L'inspecteur lui montra du doigt l'entrée concernant la *pyrite*.

« *Pyrite œil-d'encre* ? demanda Thordric, déconcerté.

— Oui, dit sa mère. Tu te souviens ? Dans la potion que Kalljard prenait, il y avait un minéral que je ne reconnaissais pas. Eh bien, c'est celui-là.

— Euh, super, lança-t-il en ne voyant pas trop comment c'était important.

— C'est plus que super, Thordric, continua-t-elle. Je savais que Lizzie possédait encore les vieux livres de son mari. En plus d'avoir de sérieux pouvoirs magiques comme toi, il s'intéressait aussi à la géologie. J'ai donc demandé à Lizzie si elle pouvait me les apporter pour m'aider à identifier ce que c'était. Et voilà.

— Je ne vois toujours pas...

— Lis ce qui est écrit, petit », le gronda Lizzie. Il s'exécuta.

Pyrite œil-d'encre (Ousus Inkett) : Se trouve ordinairement dans les zones montagneuses et près des volcans. Rouge profond avec des reflets argentés et bleus. Minéral doux, aux nombreuses propriétés médicinales. Apporte, entre autres, un accroissement d'énergie et un bien-être général. Note : utilisée avec certaines herbes, elle peut être mortelle.

« Utilisée avec certaines herbes, elle peut être mortelle ? récita-t-il en relevant la tête.

— Tout à fait, confirma sa mère. Mais aucune des herbes qu'on trouve dans la potion ne produit cet effet. Cependant...

— Le *soleil-enchanteur* ! comprit soudain Thordric.

— Exact.

— Donc, si nous découvrons qui lui a injecté ça, nous avons notre tueur?

— Tout juste, gamin, renchérit l'inspecteur. Et notre ami Raan, que dit-il pour sa défense ? »

Thordric cligna des yeux. Il avait déjà oublié Raan. « Il savait, pour le complot, inspecteur », expliqua-t-il.

La nouvelle moustache de l'inspecteur se recroquevilla.

« Mais ce n'est pas tout, continua Thordric. Il m'a dit que Kalljard faisait boire aux autres mages une potion identique à celle qu'il vous a donnée. Donc, même s'ils avaient été au courant du complot, ils n'auraient pas essayé de l'arrêter.

— C'était vraiment un monstre, non ? » fit remarquer sa mère. Thordric, Lizzie et l'inspecteur approuvèrent tous d'un signe de tête.

« A-t-il dit autre chose ? demanda enfin l'inspecteur.

— Eh bien, il affirme qu'il ne sait pas qui est le tueur... Et il m'a aussi conseillé d'interroger le révérend maître Vey, à propos de la potion qu'ils prenaient tous. Apparemment, c'est lui qui la préparait.

— Je pense qu'il est vraiment temps d'avoir une petite conversation avec lui. Après tout, nous l'avons suffisamment fait patienter. Voulez-vous nous accompagner, mesdames ? Cela devrait être assez intéressant. »

Lizzie et la mère de Thordric attendirent dans le bureau de l'inspecteur pendant que le révérend maître Vey était conduit dans la grande salle d'interrogatoire. Thordric resta avec elles et leur fit du thé. Il leur raconta tout sur les mages à qui il avait parlé, et sur la façon dont ils avaient réagi à la nouvelle du complot de Kalljard. Lizzie se mit à glousser quand il leur expliqua comment il avait traité maître Raan, et elle le félicita pour son utilisation de la lévitation.

L'un des hommes frappa à la porte et les avertit que l'inspecteur était prêt. Riant encore, ils descendirent à l'étage du dessous.

L'inspecteur les fit entrer dans la salle où Vey attendait. « Mesdames, je vous présente le grand mage Vey. Révérend Maître, vous avez déjà rencontré notre médecin légiste, Maggie, et voici ma sœur, Lizzie.

— Ravie de vous revoir, Révérend Maître, le salua la mère de Thordric en s'asseyant.

— Oui, c'est un plaisir de... » Lizzie s'arrêta subitement, le souffle coupé. Elle dévisageait Vey bouche bée. Et il avait l'air tout aussi choqué qu'elle.

« Qu'est-ce qu'il y a, Lizzie ? demanda Thordric, son regard passant de l'un à l'autre.

— C'est... c'est mon fils », annonça-t-elle.

19

LA VÉRITÉ

*L*e silence régnait dans la pièce. Les regards passaient de Lizzie à Vey dans la stupéfaction la plus totale. Vey s'était levé et faisait les cent pas de son côté de la salle. Son visage, habituellement si calme, était crispé par la douleur. Plusieurs fois, il s'arrêta et ouvrit la bouche. Mais aucun mot n'en sortait.

C'est Thordric qui parla en premier, poussé par la curiosité et l'inquiétude. « Vey, est-ce que c'est vrai ? » demanda-t-il doucement. Vey se figea et croisa son regard. Sans dire quoi que ce soit, il inclina légèrement la tête et les larmes inondèrent son visage.

« Je... je n'aurais jamais cru, balbutia l'inspecteur. Mon propre neveu ! Je ne t'ai même pas reconnu.

— C'était le but, mon oncle. Je pensais que si tu ne pouvais pas m'identifier, alors maman n'y verrait que du feu aussi, admit Vey d'une voix tremblante.

— Comment as-tu pu t'imaginer ça ? s'indigna Lizzie. Je sais bien que ça fait quelques années, Éric, mais je t'aurais reconnu même cinquante ou cent ans après. Tu es mon fils. Et une mère n'oublie jamais le visage de son fils.

— Même s'il utilise ses pouvoirs pour faire pousser ses cheveux et qu'il finit par ressembler à un stupide monstre », ajouta Maggie pour alléger l'atmosphère. Elle jeta un œil à Thordric qui lui renvoya un grand sourire, alors que l'inspecteur les regardait avec les sourcils relevés. Mais ni Lizzie ni Vey ne semblaient avoir entendu.

« Pourquoi es-tu parti, Éric ? » demanda doucement Lizzie, au bord des larmes. Elle voulut s'approcher de lui, mais il recula de quelques pas.

« Il le fallait, maman, se justifia Vey. Tu sais bien ce qu'ils ont fait à papa. Je devais le venger.

— Tu te rends compte à quel point ça pouvait être dangereux ? S'ils ont tué ton père, ils pouvaient en faire autant avec toi, ça ne t'a pas traversé l'esprit ?

— Il n'y avait aucun danger, maman. Ils ne me connaissaient pas. Comment crois-tu que je suis entré au Conseil ?

— Je n'en ai aucune idée, Éric. Mais j'imagine que tu vas nous raconter comment ça s'est fait. » Sa voix se faisait plus dure. L'inspecteur décida qu'il était temps d'intervenir.

« Lizzie, montons dans mon bureau. Je vais faire apporter du thé et nous pourrons nous asseoir pour discuter calmement de tout cela. » Il se dirigea vers la porte et la tint ouverte pour leur permettre de passer. La mère de Thordric sortit en premier, en entraînant Lizzie par le bras. L'inspecteur les accompagna, laissant Thordric et Vey fermer la marche. Thordric garda le silence, ne sachant quoi dire. C'est Vey qui parla le premier.

« C'est ma mère qui t'a appris à utiliser tes pouvoirs, n'est-ce pas ? » demanda-t-il. Mais c'était plus une affirmation qu'une question. « Elle est un excellent professeur, et tu es certainement aussi un élève doué pour être arrivé à ce niveau à ton âge.

— Elle... elle m'a parlé de vous, laissa échapper Thordric. Et de votre fuite juste après la mort de votre père. Et puis nous avons trouvé votre flûte et son journal de magie dans le coffre-fort, au bout de la maison.

— Je vois. Je ne pensais pas qu'elle emmènerait quelqu'un là-bas, une fois que je suis parti. Encore moins quelqu'un qui détient autant de pouvoirs que toi. Alors, tu as brisé l'illusion ?

— Oui. Elle venait juste de m'apprendre comment les produire, pour que ça m'aide dans cette enquête. Quand je l'ai vraiment examinée, je savais qu'il y avait quelque chose qui clochait. Je devais essayer de la lever. » Thordric se sentit un peu embarrassé. « Je n'avais pas l'intention de fouiner dans vos affaires. »

Ils arrivèrent dans le bureau de l'inspecteur, mais Thordric fut envoyé pour aller chercher du thé et des Pim's. Il tendit l'oreille pour écouter ce qui se disait, mais la seule chose qu'il entendait, c'était des sanglots. Quand il revint, avec une énorme pile de Pim's qui vacillait dangereusement sur le plateau, ils se taisaient et se regardaient tous les uns les autres. Il leur servit rapidement du thé et s'assit sur la chaise la plus proche de la porte.

Lizzie rompit finalement le silence, sur un ton encore plus glacial que le verglas qui recouvrait les rues. « Alors, Éric, explique-nous comment tu es devenu membre du Conseil. »

Vey avala une bonne gorgée de thé et mangea un Pim's avant de se mettre à parler. « Quand je me suis enfui, je suis allé directement à l'école du Conseil. J'ai inventé une histoire en disant que j'avais été dans le coma depuis tout petit et que je venais de découvrir que j'avais des pouvoirs magiques. Je leur ai raconté que j'étais le seul à en avoir dans ma famille, puisqu'on sait tous que les mages naissent uniquement de parents qui n'en ont pas. Et ils m'ont cru. Ils m'ont alors expliqué les rudiments. Mais comme je maîtrisais déjà presque tout ce qu'ils m'enseignaient, j'ai rapidement rattrapé les gens de mon âge.

— Mais tu n'as jamais laissé voir que tu avais des pouvoirs, même quand ton père essayait de t'apprendre des choses », s'écria Lizzie. Son chignon s'était défait et ses cheveux retombaient sur ses épaules, mais elle n'y prêta pas attention.

« Je sais que je peux pratiquer la magie depuis que je suis petit. Une fois, sans le faire exprès, j'ai même transformé un senteux en arbre. Et j'ai eu tellement peur que je lui ai rendu sa forme d'origine.

Je me souviens qu'il n'était pas très content. Je me suis pris un coup de pied dans les tibias. Quoi qu'il en soit, je ne vous en ai jamais parlé, à toi et à papa, parce que je ne voulais être ni mage ni demi-mage. Je voulais seulement être quelqu'un de normal. Mais papa croyait en moi malgré tout. Du coup, tout ce qu'il essayait de m'apprendre le jour, je le pratiquais la nuit, pour que vous ne le sachiez pas. » Il prit une nouvelle gorgée de thé. « Et après... après ce qu'il lui est *arrivé*, j'ai trouvé son journal et j'ai compris que Kalljard était responsable.

— Alors tu as rejoint le Conseil afin de pouvoir te venger de lui ? demanda l'inspecteur.

— Ça a commencé comme ça, oui. Mais plus j'en apprenais sur lui et sur le Conseil, plus je me rendais compte que papa n'aurait pas approuvé une chose aussi puérile. Je me suis plutôt mis à imaginer des plans pour faire en sorte que le Conseil change sa façon de penser. »

Lizzie prit une inspiration profonde. « Pendant dix ans, je t'ai cherché, Éric, dix ans où j'ai été folle d'inquiétude. Je ne savais même pas si tu étais mort ou vivant. Et puis mon cœur et ma raison n'ont plus supporté tout ça. Alors j'ai abandonné parce que c'était trop douloureux. Depuis, j'ai essayé de reconstruire ma vie. Et maintenant, je te retrouve. Les bras m'en tombent...

— Pardon, maman. Je suis vraiment désolé. » Thordric observait son regard, et il vit que Vey parlait sincèrement. « J'ai voulu te contacter, tellement de fois. J'ai commencé à écrire des lettres, mais ça n'était pas une bonne idée. Je ne pouvais pas prendre le risque qu'ils découvrent qui j'étais. Mon but était trop important pour ça. »

Lizzie sanglotait en silence, et la mère de Thordric lui tendit un mouchoir pour essuyer ses yeux. Vey se mit à pleurer aussi. Et bientôt de grosses larmes coulèrent sur les joues de l'inspecteur pour atterrir dans sa moustache. Mal à l'aise, Thordric se tortillait sur sa chaise : il se sentait étranger à ce qui ressemblait maintenant à des retrouvailles familiales. Puis une pensée lui traversa l'esprit.

« Vey, intervint-il en ignorant les pleurs. Raan m'a dit une chose pendant que je l'interrogeais, et je dois vous poser la question. » Sa mère lui lança un regard noir, mais Vey releva sa tête vers lui, quasiment heureux de l'interruption.

« À quel sujet, Thordric ?

— Il... il m'a dit que vous prépariez la potion que Kalljard faisait boire aux membres du Conseil tous les jours. »

Vey se redressa, essuyant les dernières larmes sur ses joues. « Oui, Thordric, c'est vrai. Il m'a donné les ingrédients et m'a ordonné d'en confectionner six chaudrons par semaine. Il m'a d'abord obligé à en prendre un gobelet plein, pour que je ne discute pas ses instructions. Ensuite, je me suis débrouillé pour y échapper, mais les mages en redemandaient, alors j'ai continué d'en faire. Je n'ai jamais vraiment réalisé tous les effets qu'elle produisait.

— Donc il vous a piégé tout autant que les autres ?

— Je suis navré d'avoir à l'admettre, avoua Vey tristement.

— Et ton idée de modifier l'attitude du Conseil, comment espérais-tu la mettre en pratique ? s'interrogea l'inspecteur en écrasant les larmes dans sa moustache.

— Je devais d'abord devenir proche de Kalljard pour comprendre la façon dont il pensait et ce qui le motivait. Ainsi, je croyais que je pourrais découvrir pourquoi il avait fait tuer papa. Et puis plus je me rapprochais de lui, plus le Conseil se fierait à moi. Je voulais leur donner l'impression que Kalljard changeait d'avis sur les demi-mages et qu'il commençait à réaliser qu'ils pouvaient être aussi capables que les mages.

— Et tu es devenu proche de lui ?

— Oui, dans une certaine mesure. Mais il ne m'a jamais fait autant confiance qu'à Raan, répondit Vey.

— Peut-être qu'il a découvert ce que vous mijotiez », suggéra Thordric. Il sortit le document qui détaillait le complot de Kalljard. « On a trouvé ça sur son bureau. Il y avait un sort d'illusion assez fort dessus. Et jusqu'à présent, seul Raan a admis qu'il l'avait déjà vu. Je suis convaincu qu'aucun des autres mages ne savait quoi que ce soit à ce sujet. » Il le tendit à Vey. Celui-ci le lut et son visage se durcit. «

Je dois vous poser la question, Vey. Est-ce que vous étiez au courant ? »

Thordric connaissait déjà la réponse, mais il fallait que les autres l'entendent de leurs propres oreilles. Vey le dévisagea. « Oui, je savais », confessa-t-il doucement.

Tous les regards étaient posés sur lui : l'inspecteur, avec son front ridé et sa moustache retroussée ; Lizzie, avec son expression sévère, malgré ses yeux embués ; et la mère de Thordric, avec ses sourcils arqués par une intense curiosité.

« Ce n'est pas tout ce que nous avons trouvé dans les appartements de Kalljard. Il y avait aussi un miroir caché sous l'apparence d'une penderie, et sur le bureau une plante qu'on appelle *soleil-enchanteur*.

— *Oppulus Nuvendor*, pour utiliser son nom scientifique », l'interrompit Vey. Il soupira et croisa tous les regards qui étaient posés sur lui. « Aucun détail ne t'a échappé, Thordric. Oui, je suis au courant pour la plante et pour le miroir.

— Voulez-vous que je raconte ce qui s'est passé ? Ou préférez-vous le faire vous-même ? » demanda Thordric en offrant des Pim's à Vey. Celui-ci en saisit une poignée et les engloutit les uns après les autres.

« Je vais tout expliquer », dit-il avec un hoquet. Il se leva et marcha autour du bureau, essayant de choisir ses mots. Sa lourde tunique produisait un léger bruit à chaque pas. « Raan, qui nettoyait habituellement les appartements de Kalljard, était malade. Donc Kalljard m'a ordonné de prendre sa place. Il m'a prévenu qu'il voulait faire enlever son miroir pour le remplacer par une penderie qui arrivait ce jour-là. Puis il est sorti, ce qui m'a permis de fouiller partout. C'est comme ça que j'ai vu ce qu'il mijotait et ça m'a glacé le sang. En découvrant ça, tous mes projets devenaient insignifiants. Il avait décidé de mettre à mort des milliers — je dis bien des milliers — de demi-mages. Je ne pouvais pas le laisser faire. »

Il s'arrêta pour prendre une profonde inspiration et avala quelques Pim's de plus. Ses mains tremblaient légèrement. « Je comprends ce que vous avez pu ressentir, Vey », l'encouragea Thordric en essayant d'apaiser la conscience du grand mage. Celui-ci lui adressa un signe de tête reconnaissant, et continua.

« J'ai fait installer la penderie, comme il me l'a demandé, mais j'ai gardé le miroir à portée de main, au cas où j'en aurais besoin. Raan avait offert la plante en cadeau à Kalljard la veille, même si je pense que cet imbécile n'a aucune idée de ses propriétés. J'en ai récupéré un morceau et j'ai passé les deux jours suivants à la broyer pour en extraire le liquide. Ensuite, j'ai remis le miroir dans la pièce pendant que Kalljard était sorti et j'ai attendu qu'il revienne pour l'heure du thé. Je me suis débrouillé pour tenir Raan à l'écart en prétextant que Kalljard avait demandé à ce qu'il aille repasser sa tunique de cérémonie. Comme personne d'autre n'était autorisé à entrer, je savais qu'on ne me découvrirait pas.

« Quand Kalljard est finalement rentré, j'ai fait comme si je n'étais là que pour apporter son thé et ses sandwiches. Honnêtement, je me suis dit que c'était une excuse minable, mais il a semblé la croire. Quoi qu'il en soit, il m'a ignoré et est allé tailler sa barbe. Il a alors remarqué le miroir, mais je lui avais déjà injecté le *soleil-enchanteur* en utilisant une fléchette magique.

— Une fléchette magique ? demanda Thordric.

— Oui, répondit Vey avec un mince sourire. Je l'ai moi-même inventée. Le tout, c'est de piéger le liquide dans une sorte de champ de force, ce qui permet de l'envoyer à distance sans laisser de trace.

— On a quand même trouvé la marque de l'injection sur la tête de Kalljard, elle était couverte par un point marron, protesta Thordric.

— *Presque* aucune trace alors, se corrigea Vey. Quoi qu'il en soit, elle a produit l'effet désiré. En quelques minutes, il a dû avoir de telles hallucinations qu'il a cru faire face à un monstre en voyant son propre reflet. Et il a essayé de s'en protéger avec un sort défensif. Comme il était drogué, le sort a rebondi sur lui. C'est ce qui a provoqué le dessèchement de sa peau, comme si c'était du cuir. Ce n'était pas exactement ce que j'avais voulu. Mais au moins, ça le mettrait hors d'état de nuire assez longtemps pour pouvoir empêcher ses plans et remettre de l'ordre au Conseil.

— Mais vous ne saviez pas que ça allait réagir avec sa potion ? » l'interrogea la mère de Thordric, en croisant les jambes. Ses hauts talons rouges étincelèrent dans la lumière.

« Non, madame, je ne le savais pas », répondit Vey. Il s'assit lourdement sur sa chaise et laissa tomber sa tête. « Je n'avais pas l'intention de le tuer, je voulais juste le tenir à l'écart, le temps pour moi de redresser la situation. »

Lizzie sécha ses larmes et se leva. Vey se recula, pensant qu'elle allait le disputer pour ce qu'il avait fait. Au contraire, elle s'agenouilla près de lui et prit ses mains. « Ce n'est pas ta faute, Éric. Kalljard était ignoble et malfaisant. Le monde sera bien meilleur sans lui », murmura-t-elle. Tous les autres approuvèrent ses paroles, et Vey les regarda avec reconnaissance. « Continue, Éric, et dis-nous ce qui s'est passé ensuite. »

Vey s'éclaircit la gorge. « Eh bien, la potion a réagi en quelques minutes et quand j'ai vu qu'il était mort, j'ai paniqué. Je l'ai d'abord déposé sur son lit pour faire croire qu'il est simplement décédé pendant sa sieste. Ensuite, j'ai entouré le document d'une illusion aussi puissante que possible, de façon à ce que personne ne suspecte un acte criminel. J'ai maquillé la piqûre, et j'ai fait la même chose avec le miroir. Mais j'ai entendu des bruits de pas s'approcher, alors j'ai dû faire vite. L'illusion tenait juste assez bien. Après quoi, je me suis caché derrière la porte et je me suis glissé dehors quand le visiteur est entré. Il se trouve que c'était Raan, et il s'est mis à crier dès qu'il a vu le corps. Alors je suis revenu dans les appartements pour demander ce qui se passait. »

20

LA DÉCORATION DU COMMISSARIAT

L'inspecteur renvoya Raan au Conseil. Il devait transmettre un rapport officiel qui affirmait que le décès du grand mage Kalljard n'était qu'un malheureux accident, et non un meurtre. Personne ne serait accusé, et le révérend maître Vey serait absent pendant une semaine, à cause du stress provoqué par l'enquête. L'inspecteur envoya également des excuses à tous les mages qui avaient été détenus.

Pour Thordric, Raan ne méritait pas de retourner au Conseil, puisqu'il n'avait rien fait pour empêcher le complot de Kalljard. Et il l'aurait volontiers enfermé à vie. Mais comme l'inspecteur le fit remarquer, c'était à Vey de prendre des sanctions contre lui.

Quant à Vey, toutes les personnes présentes dans le bureau de l'inspecteur avaient décidé d'un commun accord qu'il devait être libéré. À leurs yeux, il avait agi pour le bien de tous, même si personne ne s'en doutait. Et si cela avait été possible, l'inspecteur aurait même voulu qu'on le félicite. Cela remonta le moral de Vey de façon spectaculaire. Ayant retrouvé son calme, il redonna de la fraîcheur aux roses fanées qui se trouvaient sur le bureau de l'inspecteur.

« Maman, dit Vey à Lizzie. Je sais que je ne t'ai jamais écrit, que je n'ai jamais donné signe de vie, mais... »

Lizzie posa sa main sur sa bouche pour le faire taire. « Viens passer une semaine à la maison, Éric. Je crois que ça ne te ferait pas de mal de manger un peu plus. »

Vey accepta et se tourna vers Thordric. « Si mon oncle n'a pas besoin de toi, je voudrais t'inviter à dîner. J'aimerais te parler de quelque chose.

— Et puis il y a de la neige à déblayer dans mon jardin, mon garçon », plaisanta Lizzie tout en essayant de garder son sérieux.

Thordric et Vey passèrent le reste de la journée chez Lizzie, comme l'inspecteur lui avait donné congé après le déjeuner.

Chez Lizzie, ils firent d'abord fondre la neige tout autour de la maison, puis elle leur demanda de finir la pièce qu'elle avait commencé à peindre avec Thordric. Vey fronça les sourcils en découvrant les couleurs qu'elle avait choisies, mais il n'osa pas dire qu'elles étaient trop voyantes. À deux, cela ne leur prit qu'un quart d'heure à peine.

Bien sûr, comme Thordric le savait déjà, Lizzie ne manquait jamais d'idées quand il s'agissait des travaux de la maison. Ainsi, elle les envoya nettoyer le grenier. Lorsqu'ils arrivèrent là-haut, Thordric se mit à tousser avec dégoût. L'endroit était couvert de poussière et les toiles d'araignée pendaient jusqu'à leur tête.

« Par où commençons-nous ? » demanda Vey. Mais son regard s'arrêta sur une haute pile de livres juste devant lui. « C'est... ce sont ceux de mon père. J'avais oublié tout ça.

— C'est vrai ? De quoi ça parle ? s'enquit Thordric, les yeux pleins d'étincelles.

— Principalement des potions qu'il a créées, répondit Vey en dépoussiérant le livre qu'il venait d'attraper. Et aussi des propriétés des plantes qu'on trouve en ville et près de la rivière, je pense. » Il leva légèrement la main et toute la poussière disparut des livres et du sol autour d'eux. Puis il s'assit pour lire.

Thordric attendit un instant. Il se demandait si Vey allait se remettre au travail. Mais apparemment, il était plutôt plongé dans sa lecture. Thordric poussa un soupir, puis il le souleva dans les airs et le mit la tête à l'envers. Vey, stupéfait, en fit tomber son livre.

« Mais qu'est-ce que tu *fais* ? » s'écria-t-il, en essayant de retenir sa tunique pour ne pas montrer ses sous-vêtements.

« Ta mère ne va pas être contente si on ne nettoie pas le grenier », protesta Thordric. Et il retourna Vey sans effort.

Le grand mage le regarda avec une expression coupable. « Ah oui... le nettoyage... »

Trois heures plus tard, et après avoir secoué Vey dans les airs cinq fois, ils avaient enfin terminé de faire le ménage dans le grenier. L'endroit était transformé. Tout était maintenant bien rangé en piles. Ils avaient même découvert que les murs étaient décorés de couleurs vives, comme dans la pièce qu'ils avaient fini de peindre juste avant. Ils avaient aussi trouvé d'autres ouvrages écrits par le mari de Lizzie. Et Vey, les bras chargés d'autant de livres et de rouleaux qu'il pouvait en porter, redescendit à la cuisine, suivi par Thordric.

Le parfum de la nourriture préparée par Lizzie flottait jusque dans le couloir. Et après la journée qu'ils venaient de passer, ils réalisèrent qu'ils avaient une faim de loup. Ils allaient s'asseoir quand elle se tourna vers eux. « Et je peux savoir ce que vous faites, tous les deux ?

— Nous nous mettons à table pour dîner », dit Vey en déposant les livres et les rouleaux à côté de lui. Les sourcils de Lizzie remontèrent jusqu'à ses cheveux. Thordric sentit le danger arriver.

« Euh, en fait, on allait juste ranger tout ça ailleurs, et faire un brin de toilette. On n'allait quand même pas s'asseoir à table tout couvert de poussière, hein Vey ? » Il attrapa vite quelques livres et donna un coup de coude à Vey pour qu'il en fasse autant. Lizzie sourit et les regarda décamper. Quand ils revinrent, elle les examina et leur adressa un signe approbateur. C'est seulement à ce moment-là qu'elle servit le repas.

De belles tranches de poulet, de jambon, de bœuf et de dinde s'empilèrent sur l'assiette de Thordric, ainsi que des tas de légumes et de pommes de terre. Vey remplit la sienne tout aussi copieusement et, pendant un moment, ils furent trop occupés à manger pour pouvoir discuter.

Thordric avala sa dernière pomme de terre et but une gorgée de son jus de fruits. « Alors, de quoi voulais-tu me parler ? » interrogea-t-il Vey.

Celui-ci s'essuya la bouche avec une serviette et Lizzie le regardait avec amusement. « Je me demandais à quel point tu prenais la magie au sérieux.

— Très au sérieux, répondit Thordric en haussant les épaules. Je n'aurais jamais cru que je pouvais faire autant de choses.

— Et tu souhaiterais continuer ta formation ? poursuivit Vey tout en se débattant avec sa montagne de viande.

— J'aimerais bien. De toute façon, vous alliez m'en apprendre davantage, n'est-ce pas, Lizzie ? dit-il en se tournant vers elle.

— Oui, mon garçon. Où veux-tu en venir, Éric ? »

Vey sourit. « Je me demandais si tu souhaiterais entrer au Conseil, Thordric. »

Thordric le dévisageait. « Tu... tu es sérieux ?

— Bien sûr. Il va d'abord falloir que j'établisse un peu mon autorité pour que les autres mages t'acceptent. Mais une fois que tu nous auras rejoints, ils pourront voir de quoi les demi-mages sont capables. Cela devrait faire pencher la balance en faveur de mon projet.

— Je... je ne sais pas quoi dire. Je n'ai jamais aimé le Conseil des mages. J'imagine que je suis tellement habitué à les entendre nous détester que ce serait bizarre d'en faire partie, hésita Thordric.

— Je comprends. Cependant, ce sera différent, puisque Kalljard ne sera plus là pour colporter ses mensonges. Je souhaite rendre le Conseil meilleur, Thordric. Pas seulement dans leur façon de penser, mais aussi dans leur façon de faire. » Il regardait Thordric dans les yeux. « J'ai besoin de ton aide pour y arriver. Tu as étudié la manière dont mon père pratiquait la magie, et tu sais comment il produisait ses potions et ses sorts. Je veux mettre tout ça en application au sein du Conseil, afin que nous puissions *vraiment* rendre service aux gens, au lieu de leur donner tous ces gadgets. »

Cela fit rire Thordric. « Ma mère va probablement te détester pour ça, elle achète tout le temps leur mélange spécial de thé et de café — et leurs sels de bain aussi, d'ailleurs. » Il réfléchit un instant. « Mais si c'est pour que ça change... alors oui, j'aimerais beaucoup rejoindre le Conseil.

— Parfait ! Mais bon, je ne sais pas combien de temps il faudra pour tout arranger après mon retour. Donc tu seras coincé avec mon oncle encore un peu, ajouta Vey d'un air désolé.

— Tout va bien en fait, le rassura Thordric. Surtout depuis que j'ai fait repousser sa moustache. »

Ils se mirent tous à rire. Lizzie empila les assiettes maintenant vides et alla chercher le dessert. Elle revint avec l'un de ses fameux gâteaux. Celui-ci était cependant bien plus gros que tous ceux qu'elle préparait d'habitude, et il était fourré de sauce au chocolat et de cerises. Thordric s'en coupa un bon morceau, en utilisant ses pouvoirs pour diriger le couteau. Vey l'observait avec un sourire bien-veillant au coin des lèvres.

« En fait, j'ai l'impression qu'il sera bientôt plus que mon patron, continua Thordric. À voir la façon dont ils se regardent, lui et ma mère.

— Oui, j'ai aussi remarqué ça, dit Lizzie sur un ton légèrement réprobateur. Ils se conduisent comme deux adolescents. Ça me donne juste envie de m'évanouir parfois.

— Ça me rassure de ne pas être le seul », s'esclaffa Thordric. Il coupa également une belle tranche pour Lizzie et pour Vey, et les fit flotter jusqu'à leur assiette. Ça l'amusait de pouvoir faire ça.

« Est-ce que tu es doué dans les autres domaines de la magie,

Thordric ? » demanda Vey en le regardant. Thordric ouvrit la bouche, mais Lizzie parla avant lui.

« Tu te souviens du bonhomme en bois ? Ton père a mis trois semaines à le faire bouger. Pour Thordric, ça n'a pris que deux jours. Il a assez de talent pour faire tout ce que tu lui demanderas, j'en suis sûre, expliqua-t-elle avec enthousiasme. Il fait aussi des peintures murales, et les senteux ont l'air de bien l'aimer. »

Les sourcils de Vey se relevèrent en entendant cela, et il essaya de parler avec la bouche pleine de gâteau. Mais il ne produisit qu'une sorte de charabia sourd et Thordric faillit s'étouffer de rire. « Tu as vu les senteux ? » s'étonna-t-il après avoir vidé sa bouche. Thordric haussa les épaules modestement, et il lui raconta les deux fois où il les avait rencontrés dans la forêt. « Je suis impressionné. Papa disait toujours qu'ils n'aiment que les personnes qui ont un cœur en or... et des pouvoirs magiques forts. »

Maintenant que l'enquête était close, la journée suivante s'annonçait différente pour Thordric. Il partit pour le commissariat à l'heure habituelle. Mais il arriva un peu plus tard que d'habitude parce qu'il dut déblayer la rue, à cause des violentes chutes de neige de la nuit précédente.

Il se demandait ce que l'inspecteur allait lui faire faire, étant donné que ses talents n'étaient plus utiles. Il passa devant les bureaux des policiers et leur adressa des signes de tête ou des sourires, pour les remercier de leur aide ces derniers jours. À sa grande surprise, l'inspecteur parut content de le voir quand il entra dans son bureau.

« Ah, te voilà, gamin ! J'étais sur le point d'aller demander à ta mère ce que tu fabriquais. Maintenant que toute cette histoire de mages est terminée, est-ce que tu serais prêt à faire un petit travail pour moi ? »

Les sourcils de Thordric sursautèrent. « Quel travail, inspecteur ? »

L'inspecteur sourit et sa moustache se mit à danser d'une façon très bizarre. Elle semblait maintenant réagir à ses humeurs joyeuses, tout autant qu'à ses humeurs ronchonnes. Et Thordric se demandait sérieusement si ses pouvoirs n'avaient pas joué un rôle là-dedans. « Regarde autour de toi, gamin », répondit l'inspecteur en lui montrant le commissariat d'un geste large.

Thordric examina la salle. La peinture s'écaillait à certains endroits, et d'étranges moisissures s'étaient incrustées dans un coin. « Ça commence à avoir l'air minable, non ? » continua l'inspecteur.

Thordric pensait savoir où il voulait en venir. « Vous souhaitez que je refasse la décoration, inspecteur ? demanda-t-il.

— Eh bien oui, en fait. Ma sœur m'a parlé de cette magnifique fresque que tu as peinte dans sa maison près de la forêt. Et j'ai pensé que nous pourrions en avoir une ici aussi, pour motiver les hommes et améliorer leur environnement de travail. »

Thordric trouva que c'était une bonne idée. « Est-ce que vous voulez que je peigne quelque chose en particulier ? »

L'inspecteur réfléchit un moment, en tortillant sa moustache. « En fait, la fois où tu as fait voler maître Raan et que tu l'as forcé à boire cette potion, je crois que ça serait bien. Mais je te laisse décider. Je suis sûr que tu trouveras un sujet adapté. » Il agita sa main à l'adresse de Thordric, lui faisant signe d'aller se mettre au travail.

Avec le sourire, Thordric inspecta le reste du bâtiment. Il nota toutes les fissures, écailles de plâtre, taches d'humidité et autres crevasses. D'une simple pensée, il dégagea la poussière, la saleté et les moisissures. Puis il réchauffa les zones humides pour les faire sécher complètement. Les hommes ne pouvaient s'empêcher d'interrompre leur travail et ils le suivaient pour le regarder faire, mais ça lui était égal. Il décapa la peinture des murs, remit du plâtre là où c'était nécessaire, et lissa toutes les surfaces pour se préparer une toile propre. Et puis, sans pinceau ni peinture, il commença à dessiner sa fresque, lui donnant de larges dimensions pour couvrir tout le commissariat.

À ce moment-là, tout le monde avait vraiment arrêté de travailler. Même les deux hommes qui revenaient tout juste de capturer un voleur restèrent bouche bée en voyant les couleurs apparaître sur le mur et prendre forme. Thordric continua ainsi toute la journée, sans s'arrêter pendant son déjeuner, puisqu'il découvrit que le tableau se poursuivait même s'il s'occupait d'autre chose.

Le policier qu'il avait envoyé au Conseil sous la neige, deux jours avant, arriva avec un jeu d'échecs. Thordric s'assit avec lui pour jouer une partie pendant que la fresque continuait toute seule.

Hélas, l'inspecteur surgit de son bureau et les attrapa en plein milieu de la partie. Il confisqua alors le jeu et expédia tous ses hommes en patrouille dans les rues. En sortant, ils rouspétaient et enfilaient leur manteau d'hiver et leurs godillots aussi doucement que possible pour pouvoir encore voir la fresque évoluer.

La nuit tomba avant que Thordric n'ait fini. Mais il continua quelques heures de plus après le départ de tous les policiers.

Quand ils revinrent le lendemain matin, tout le monde fut sidéré.

Ce qu'ils avaient devant les yeux semblait si réel qu'ils ne pouvaient être qu'ébahis. Thordric avait suivi l'idée de l'inspecteur à propos de Raan. Mais il avait aussi inclus les agents qui avaient amené les mages, et ceux qui les avaient surveillés toute la nuit dans leurs cellules et dans les salles d'interrogatoire. Pas un seul n'avait été oublié et Thordric affichait un sourire satisfait quand il les vit faire le tour du commissariat pour trouver leur portrait sur le mur.

« Eh bien, tu t'es surpassé, gamin ! » s'exclama l'inspecteur avec enthousiasme. Il attrapa Thordric et lui donna une énorme poignée de main qui faillit lui déboîter l'épaule. On apercevait encore dans sa moustache les larmes qu'il n'avait pas eu le temps d'essuyer. Et l'émotion qu'il essayait de cacher faisait légèrement trembler sa lèvre inférieure. « Lizzie m'a parlé de tes arrangements avec le grand mage. Je... nous... tu... tu vas nous manquer, gamin.

— Il me reste au moins une semaine, inspecteur. Et puis, ma mère sera certainement heureuse de vous inviter à dîner de temps en temps. » Il sourit en voyant le visage de l'inspecteur s'illuminer.

« C'est... c'est vrai ?

— Évidemment.

— Alors dans ce cas... euh, gamin... j'ai encore une course pour toi. » Il emmena Thordric dans son bureau et lui donna un message qu'il sortit de l'un de ses tiroirs. « Tu pourrais peut-être porter cela au bijoutier dès qu'il ouvrira... Et puis tu pourras passer la journée chez Lizzie ensuite. »

Thordric prit le billet, sans même essayer de le lire puisqu'il savait déjà ce qui était écrit. Il regarda l'inspecteur d'un air moqueur, mais ne dit rien.

La bijouterie n'était pas loin à pied et il neigeait bien moins fort. Dans le magasin, le bijoutier reçut le message sans rien demander, fit un signe de tête à Thordric et le laissa partir.

Il passa le reste de la journée — et le reste de la semaine — à étudier les livres du mari de Lizzie avec Vey. Ceux qui parlaient des plantes lui semblaient particulièrement intéressants, et il allait souvent se promener en ville pour identifier les herbes d'hiver qu'on était supposé y trouver. Bientôt, la semaine fut terminée et Vey retourna au Conseil. Thordric attendit nerveusement sa convocation, ne sachant pas si elle arriverait cet après-midi-là ou dans un mois. Il réalisa qu'il était tout excité.

UNE RÉVOLUTION

*U*n parterre de mages regardait Vey avec impatience alors qu'il se dirigeait vers la tribune.

Il avait revêtu une tunique de couleur argent, et le collier en mithril qui représentait ses fonctions pesait lourd sur ses épaules, ce qui lui donnait un air embarrassé. Thordric, quant à lui, se tenait sur le côté. Il avait endossé la cape que Lizzie lui avait offerte. Il essayait de se faire aussi discret que possible. Malgré cela, certains mages du premier rang n'arrêtaient pas de lui jeter des coups d'œil furtifs.

Il espérait qu'ils ne l'avaient pas reconnu depuis leur passage au commissariat. Il s'était donné beaucoup de mal pour faire pousser ses cheveux jusqu'aux épaules. Il avait voulu une petite barbiche aussi, mais sa mère s'était disputée avec lui pendant presque deux heures à ce sujet. Selon elle, cela le rendait bien trop vieux. Alors il avait abandonné, juste pour la calmer.

Son attention revint sur Vey qui avait déjà commencé son discours. Sa voix résonnait dans la vaste salle, si bien que le plus sourd des mages pouvait l'entendre. La confiance qu'il mettait dans ses propos augmenta celle de Thordric, même si sa nervosité le faisait légèrement trembler.

« Mes chers confrères, débuta Vey. Maintenant que je suis pleinement impliqué dans mes fonctions de grand mage, j'ai passé en revue tout ce que le Conseil a accompli depuis sa création. Et le moment est venu de vous annoncer mes projets pour améliorer notre attitude et les produits que nous offrons aux gens. »

La foule se mit à chuchoter, dans un mélange d'excitation et de contestation. Vey n'y prêta pas attention et continua. « Étant donné les plans infâmes de Kalljard — et non, je ne lui ferai pas l'honneur de lui donner un titre qu'il ne méritait pas —, je souhaiterais d'abord changer notre point de vue sur les demi-mages. » Il descendit de la tribune pour marcher au bord de la scène en posant sur eux son regard puissant.

« Après tout, poursuivit-il, que connaissons-nous d'eux, en vérité ?

— Les demi-mages prétendent détenir des pouvoirs, mais nous savons tous que c'est un mensonge, cria un mage dans les premiers rangs.

— Non, ils ont bel et bien des pouvoirs, mais ils ne sont bons qu'à causer des dégâts », répliqua un autre. D'autres encore ajoutèrent leurs commentaires, et le brouhaha devint si fort que Vey n'arrivait plus à se faire entendre. Il leva les mains pour réclamer le silence et remonta à la tribune pour qu'ils le voient tous. La foule se tut alors.

« Je crois qu'il est grand temps de vous présenter notre nouveau confrère. » Il se tourna vers Thordric, qui avait maintenant tellement le trac que sa cape tremblait. « Thordric, voulez-vous me rejoindre ici ? »

Thordric essaya de se maîtriser et obéit à Vey. Il nota les regards soupçonneux des autres mages. Dès qu'il arriva à la tribune, Vey lui chuchota quelque chose à l'oreille. Thordric écouta attentivement, tentant de paraître calme et sûr de lui.

Puis il releva ses manches, leva les bras et se concentra sur les murs de la salle. Des couleurs commencèrent à onduler sur les parois, comme des vagues. Elles produisirent alors des motifs et des tourbillons pour éclairer la salle tout entière. Elles gagnèrent les piliers et le plafond, puis envahirent le plancher et les bancs occupés par les mages. Abasourdis, ceux-ci passaient leur main sur les couleurs qui les cernaient maintenant de tous côtés, en poussant des cris incrédules : la peinture ne laissait aucune tache sur leurs doigts.

Cependant, la magie de Thordric ne s'arrêta pas là. Les gargouilles qui bordaient la voûte s'animèrent, déployèrent leurs ailes pour s'envoler, et plongèrent vers les têtes des mages. Maître Raan, qu'on avait juste gardé comme homme de ménage, se fit prendre en chasse par l'une d'elles et il dut s'enfuir de la salle. Tous pouvaient entendre ses cris résonner dans la galerie. Vey avait lui-même appris ce tour à Thordric. Ce n'était qu'un prolongement du sort qu'il avait employé pour animer le bonhomme en bois. C'était la première fois que Thordric l'utilisait vraiment et les résultats lui plaisaient beaucoup.

Du coin de l'œil, il vit Vey lui faire un rapide signe de la main : ils avaient assez joué. Thordric baissa les bras et les couleurs coulèrent le long des murs pour se déverser dans une flaque géante sur le sol. D'un bref mouvement, il transforma cette flaque en une poudre multicolore et la fit voler vers la grande cheminée du fond de la salle. Toutes les gargouilles regagnèrent leur place et redevinrent immobiles, sauf celle qui poursuivait Raan. Thordric se dit qu'elle pouvait rester animée un peu plus longtemps, pour faire bonne mesure.

D'un haussement d'épaules, il laissa retomber ses manches, puis il fit un pas de côté pour rendre la parole à Vey. Le silence régnait dans la salle.

« Comme vous pouvez le constater, Thordric possède quelques talents, et je peux vous assurer qu'ils vont bien au-delà de ces simples tours de magie », reprit Vey. Les mages ravalèrent leur salive : chacun d'eux savait parfaitement que ce qu'ils venaient de voir n'avait *rien* d'un simple tour de magie. « À presque quinze ans, c'est également le plus jeune membre à nous rejoindre.

— Mais enfin, le Conseil n'est pas un jardin d'enfants ! À son âge, il devrait être à l'école », cria un mage d'une quarantaine d'années, clairement offusqué qu'un garçon aussi jeune puisse être admis parmi eux. Son entourage approuva en murmurant.

« Mais vous avez certainement noté, maître Ayek, que l'école du Conseil ne lui apportera rien de plus, n'est-ce pas ? » rétorqua Vey. Il examinait l'homme comme si c'était un demeuré et Thordric ricana en silence. Maître Ayek marmonna quelques mots dans sa barbe.

« Ce n'est pas la seule chose qui vous surprendra chez le jeune Thordric », ajouta Vey. Puis il marqua une pause pour observer l'assemblée. Les regards pleins d'appréhension étaient tous posés sur lui. « C'est aussi... un demi-mage. »

Des cris d'indignation retentirent de tous les côtés de la salle, mais ils furent bientôt noyés par les cris d'admiration. Certains mages se levèrent même pour applaudir et Vey fit avancer Thordric sur le devant de la scène pour qu'il les salue. Thordric prit une profonde inspiration et s'inclina avec soulagement. Il s'était attendu à une réaction de colère, pas à des acclamations.

« Chers membres du Conseil, dit Vey, l'excitation pointant dans sa voix. Nous entrons dans une nouvelle ère où mages et demi-mages pourront désormais apprendre ensemble. Nous allons pouvoir mettre fin à tous ces préjugés. Comme vous venez de le voir, ils n'ont vraiment plus aucune raison d'être. Nous savons que les demi-mages n'arrivent pas à dompter leurs pouvoirs, c'est vrai. Mais posez-vous la question : si vous n'aviez pas été entraînés, n'auriez-vous pas échoué, vous aussi ? Thordric a été éduqué par ma propre mère. Elle a elle-même appris à enseigner la magie en regardant mon père, un demi-mage qui s'est mis en danger pour tenter de concentrer et maîtriser ses pouvoirs. »

Ayek, qui avait interrompu Vey plus tôt, sauta de son siège. « Vous aussi, Révérend Maître ? Vous n'êtes qu'un *demi-mage* ? C'est absolument scandaleux ! » Désespéré, il se tourna vers ses confrères. « Nous devons procéder à une nouvelle élection ! Seul un mage peut devenir révérend maître ! Si Kalljard avait su...

— Il m'aurait assassiné, comme il a assassiné mon père », annonça

Vey avec froideur. Il paraissait complètement indifférent à ce qu'il venait de révéler et Thordric commençait à s'inquiéter pour lui.

Les voisins d'Ayek se tournèrent vers lui avec colère. « Ferme-la, Ayek, espèce d'idiot ! » lâcha l'un d'eux. Thordric jeta un coup d'œil et nota que c'était maître Batsu, le jeune mage qui avait aidé Thordric à la morgue. « Le Révérend Maître ne vient-il pas de te prouver que cela ne fait aucune différence, qu'il soit mage ou demi-mage ? Les pouvoirs de Thordric valent mieux que les nôtres, et je ne me souviens pas t'avoir déjà vu offrir un tel spectacle. »

De plus en plus de mages se montraient d'accord avec lui et Thordric les regardait avec stupéfaction. Il se trouvait face au Conseil, composé entièrement de mages qui, il y a encore une heure, méprisaient les demi-mages, et qui maintenant... l'applaudissaient ?

Vey leva à nouveau ses mains pour demander le silence. « Je comprends que cette révélation puisse troubler certains d'entre vous. Ceux qui pensent que je ne suis pas digne des fonctions de grand mage ont le droit de partir. Vous pouvez vous affranchir du Conseil et de la nouvelle direction que je lui donne. » Plusieurs mages se levèrent pour quitter les lieux.

« Mais sachez ceci, poursuivit Vey en les regardant. Je surveillerai de près chacun de vos mouvements. Et si vous entreprenez des choses qui me sembleront inconvenantes, dangereuses ou illégales, je n'hésiterai pas à prévenir les autorités et à vous faire enfermer à vie. »

Avec satisfaction, Thordric vit les mages se rasseoir. Vey continua alors d'exposer tous ses projets pour le Conseil. Et ceux qui occupaient les bancs du premier rang libérèrent une place pour que Thordric les rejoigne, ce qu'il accepta avec joie.

Ce soir-là, lorsque Vey se retira dans ses appartements, il invita Thordric à dîner avec lui. « Qu'as-tu pensé de mon discours ? demanda-t-il quand Thordric s'installa à table.

— Honnêtement, Vey, tu m'as fait une peur bleue. J'ai cru qu'ils allaient tous se révolter contre toi et nous chasser du Conseil pour nous jeter aux oubliettes ! »

Vey se mit à glousser. « C'est exactement pour ça que j'avais besoin de toi », expliqua-t-il en sirotant le jus des étranges fruits qui poussaient dans les jardins du Conseil. « Dis-moi, qu'est-ce qui est arrivé à la gargouille qui poursuivait Raan ? »

Thordric cligna des yeux. « Je crois qu'elle court encore après lui », révéla-t-il, un peu inquiet de la réaction de Vey. Celui-ci éclata d'un énorme rire, au point qu'il faillit ne pas entendre qu'on frappait à la porte.

« Entrez », appela-t-il en agitant la main pour ouvrir. Maître Batsu apparut sur le seuil, portant un plateau plein de Pim's, qui était accompagné d'un message.

« Pardonnez-moi, Révérend Maître, maître Thordric », les salua-t-il en inclinant la tête. Il posa le plateau sur la table. « Cela vient juste d'arriver pour vous. » Vey le remercia et attendit qu'il sorte pour lire le message.

« Apparemment, ta théorie sur ta mère et mon oncle se vérifie, Thordric, lui apprit-il en souriant. Nous venons d'être invités à leur mariage. »

CONCLUSION

Nous espérons que vous avez passé un agréable moment à lire *Un Détective particulier*. N'hésitez pas à partager vos commentaires, même s'ils sont courts. Votre avis nous intéresse.

À bientôt,
    Kathryn Wells et l'équipe de Next Chapter

À PROPOS DE L'AUTEURE

Kathryn Wells écrit de la fantasy, de la fiction pour enfants, des nouvelles et de la poésie.

Enfant, elle s'est découvert une passion pour l'écriture. Et même si elle s'est intéressée à beaucoup d'autres choses en grandissant, elle est toujours revenue à ses premières amours.

Ses auteurs préférés sont Diana Wynne Jones, Suzanne Collins, Jonathan Stroud, Neil Gaiman, Garth Nix, J. K. Rowling et David Eddings, pour n'en citer que quelques-uns.

Elle écrit aussi sous le nom de Kathryn Rossati, et vous pouvez trouver plus d'informations sur son site web :

http://www.kathrynrossati.co.uk